夏曼・藍波安

安洛米恩之死

目次

怎麼辦呢？我們的未來。

向父親致敬

南方來的戰船
隆起的船艏浮升浮沉在大海
揚起的許多船帆
越過波濤洶湧的巴士海峽
遮蔽了島嶼南方的海平線

南方來的戰船
發出駭人的咆哮
和著駭浪宣洩的濤聲
一字排列的海上黑騎士　如是
颶風來臨前低空凌飛的移動烏雲

南方來的戰船
在黎明後的寧靜大海朝著北方島嶼移動

肅殺的氛圍戳破了天空藍莓汁色的美感
天空的眼睛　彷彿
再也看不見晝與夜的輪迴饗宴

南方來的，西邊來的海盜戰船
航過波濤洶湧的巴士海峽
一字排列的海上黑騎士
發出駭人的咆哮
島嶼面貌逐浪映入航海家族
渴望島嶼居住的眼神
他們戰勝了似是海盜的颶風
咆哮因而轉換成航海之歌
雲朵感動的分散了
島嶼露出了他的面貌
哇！島嶼
他們就是達悟民族的祖先
找到了島嶼——稱之「人之島」

安洛米恩從小有耳朵，可以辨別他人的，或是父母親的聲音的時候，在每天的黎明之前，就開始聽父親唱這一首詩歌了。每一天，每個月，每一年，直到他父親去世之前的黎明才落幕。他長大後，這首詩歌也成了他的神話，後來他死後，他也成了島嶼的神話傳奇。

五十多年以前的一九六三年，安洛米恩出生後，他的父親在每一天的凌晨望著黑色的天宇與海洋的時候，開始喜愛哼著這首詩歌，說，這首詩歌是他家族的智慧財產，因為是獨子，他的曾祖父懷念祖先的航海故事；也是台灣政府殖民蘭嶼之後，他家道中落留下的一首航海詩歌，其他家族的男性在公共場合的部落會議是不可以剽竊吟唱的歌。

他的父親也理解，島上不同的家族也都是航海家族的族裔，只是在一八九七年島上來了日本民俗學者、日本武警之後，島嶼與島嶼之間的航海軼事，被日本人戳破了民族航海偉業的傳說故事，認為日本人更為厲害，從北方找到這個孤懸在西太平洋的小島，說，日本人的船不需要使用雙手划就可以遠航，說那是mi kikay（機械船）——以人之島（蘭嶼島）為中心的世界觀被征服了。這個時候，換了不同的殖民者——台灣政府。當他從父親那兒不斷地聽這首詩歌的時候，他很不以為然地認為，說，那是他們那個世代不成文的陋規，說，那個世代的前輩，生活在日本皇民與漢民銜接之間的縫隙裡，喜愛編造厚古薄今的故事，喜愛創作吟詩哼唱作為消磨寂靜黑夜的資本。他不以為然，也是因為他意會不出歌詞的意涵，以及歌詞背後的航海背景，也不知是什麼原因，他父親就是十分自然地喜歡跟他說這則故事，以及民族的童話故事。

安洛米恩也像是傻子似的耳朵不拒絕，腦袋不思索。他或許不太能夠理解，認為傳說故事只是傳說的功能而已，什麼風雲變色，什麼濤聲震天、海霧豪雨遮天等等的大自然氣象。問題出在於耳朵不拒絕之後數年，傳說的功能在他的腦海紋路自然就鑿出了一道很深的腦紋水圳，就像女人看世界有她們的感官細膩之絮語，深埋在女性看世界的心底。那是安洛米恩的父親仙逝數年後，在他已二十四、五歲的時候，部落裡也出現了跟他一樣喜歡逃學的少年，叫達卡安，他因而開始思索他認為的傳說故事。

這個時候，他的父親的吟詩哼唱也成了他的傳說，他問自己，為何至親親人死後，腦海才浮生出思念呢？那一夜，他在屋外一個人守著原來是望族的家屋，此時的當下守著簡陋的鐵皮屋，家道中落彷彿是惡靈咒語的實現，即使隔壁家的孩子們——

他說是品質差的正常人——在這個時候的當下，島嶼現代化後的成就比他好上十倍，家裡所有的電器化設施都十分的齊全，反觀他，自稱是優質家族，就連塑膠椅子也買不起，即便是如此的結果，但他依然承繼他父親的觀念，依然說他們是品質差的正常人。他拱著身子，背靠在立著的石板上望星空，然而，kavavatanen（傳說），那又是什麼呢？天空的眼睛[1]，你可以告訴我嗎？這是他的經典名語。

他開始思索，父親死後，他一直解不開這個謎題，構成他極為苦惱的泉源。部落裡的周牧師，曾經跟他說過，說：「來教會吧！跟上帝禱告，祂可以改變你的命格。」這句話聽在他耳裡，不知道已經累積了幾百個星期，但他不為感動，他認為上帝是西方人虛構的，是用來侵略、欺騙非白人世界的弱勢民族的伎倆，上帝是不存在的，他跟天空的眼睛如此對話。但是有了「逃學少年」——達卡安，跟他同是天涯淪落人的逃學遭遇，步他的後路，他的心海寬慰了許多，他認為，他可以傳授這一則故事給達卡安，雖然是不同的獵魚家族[2]。想著想著的時候，他笑了起來，說，我有學生了，比自己幻想天空的眼睛有人住實際得多了。

夜色的平靜開啟他心海的思路，他自言自語的說，「逃學」的意義，是從漢人的角度來論斷非漢人拒絕學習漢人的歷史觀、抵抗漢人學制的小孩說的話，在他的父母親的時代，就沒有所謂的「逃學」。而他一九四五年生的大表哥開始上學的時候，也是逃學者，後來是怕被老師鞭打，才不情不願地上學了。

從日據時代到國民政府，蘭嶼國校已經有了一百多年的歷史，他認為死人比活人要多，是死人累積的死相，讓活人參考他的活相，認為死是歷史的「時間表」，下一輪，就是他們這個世代的人了，讓活人弔念死者，或者是死相比前人更為難看，就像他父親死的時候，嘴巴還會閉起來，兩個哥哥死相就沒有他父親優雅，死相如世界欠他們似的感覺，幸好是他把他們在台灣的C市火化，在台灣當孤魂，否則他是不願意走進陰森森的傳統墓場的。如果是他死了，自己又沒有小孩，想著自己將留下什麼給下一代的活人呢？他的死相會如何呢？他問自己。

「逃學者」，他不喜歡這個詞，因為這樣，他才被部落的人稱之腦袋有問題的人，但他聽周牧師講《聖經》裡的故事的時候，說，耶穌是因為反抗羅馬人才被釘在十字架，也就是說，就是對抗外來殲滅自己原有文明的侵略者，所以自己是「反抗者」而非「逃學者」。哼哼，他笑了起來，你說，我是不是「反抗者」，天空的眼睛。明媚的星空，寂靜的深夜的環境，多少滿足了他的幻想。

1 達悟語意指天宇繁星。
2 漁團家族。

達卡安從小學一年級起，就喜歡跟他的外祖父上山砍柴，喜愛上山挖土，種山藥、里芋等根莖植物。喜愛跟著外祖父，看著外祖父沿著礁岸潛水抓章魚、挖五爪貝，他特別喜歡在野外無拘無束地活動，可以不受學校制度的制約，不受上下課的時鐘牽制心魂的自由。達卡安的外祖父逝去那天，是他小學畢業典禮的那一天，換句話說，達卡安跟他相同，島嶼民族被殖民後，學校的第一張畢業證書，他們都沒有領取的，就如他的父親、達卡安的外祖父也都沒有從日本人手中接過畢業證書，「同是天涯淪落人」，想到此，他短暫會心一笑，畢竟「傳說」的意義，他還沒有解開這個心中的謎題。

安洛米恩也看著達卡安從小就在海邊自己玩耍，戴著他父親的潛水鏡在淺海海溝找貝殼果腹，與潮間帶的小魚兒玩耍長大，這也是完全跟他相似的成長過程，海邊是他們真實的教室，付出真感情、真感覺的地方，累的時候，就在陰涼的礁石縫隙睡午覺。那一天的中午，陽光曬著海面，無影的熱浪像是大自然的蜜糖，吸住安洛米恩胸膛肌膚的毛細孔。安洛米恩手提著他簡易的潛水抓魚的漁具，如魚槍、蛙鞋、蛙鏡等等的，從他的鐵皮屋走向部落船隻進出海的灘頭，在潮間帶遇見了剛失去外祖父的、無法領取小學畢業證書的達卡安。他習慣性地坐在波浪拍打陸地的沙岸，腰部以下泡在海裡，腰部以上給太陽曬著，邊洗蛙鏡，邊抽著手捲菸絲，邊看著移動的海浪，說：

「Tagangan, mu jyangayi do gak-ku?」

（達卡安，你不去學校，為什麼？）

達卡安望著比他大十來歲多的，部落人說是神經病的人安洛米恩。他的直覺感受是，安洛米恩很健壯，對他很友善，好像不是神經病的人，說：

「Yaji makangai o vatevatek do uwu ko.」

（裝不下那些漢字，在我的頭。）

「Yaji makangai o vatevatek do uwu ko.」他重複地說。

（裝不下那些漢字，在我的頭。）

說話的同時，某種被學校制度排擠的自卑顯露在他稚嫩的面龐，是一群孩童學習外來文明的落後者之失落樣，他彷彿很不喜歡這個結局似的，無奈教他寫漢字、背國語注音符號，如是在割裂他肌膚似的痛苦，還好還有海洋可以讓他消磨童年。於是又回道，說：

「Yameingen o uwu ku, nuku mivatevatek.」

（很痛我的頭，當我寫漢字的時候。）

安洛米恩聽在耳裡，思索了一番，而後仰天爆笑，握腹吹淚，露出一張俊俏得意樣的青年面容，他心裡想著，怎麼跟他完全相同，「裝不下那些字，在我的頭」。這一幕，看在達卡安眼裡傻住了，他心裡想著，這個被部落的人稱之「神經病」的人，怎麼不像是神經病的人呢！他繼續爆笑，十步路的時候，達卡安心海十分莫名地問道：

「Ikong mu ikaming?」

（什麼？你笑。）

五步路之後，安洛米恩敞開笑臉說：

「Ta miyangai, yaji makangai o vatevatek do uwu ko u.」

（我們一樣，裝不下那些漢字，在我的頭。）

達卡安淡淡地笑著，十來歲的小孩，剛剛啟程認識這個世界，「裝不下那些漢字」，是他未來在台灣社會生存的基礎，與漢人共事的工具。

「你會寫你的名字嗎？」

「Ku jiya tengi.」

（我不會寫我的名字。）

這是很慘的事，安洛米恩如此想，他最起碼還會寫自己的名字，達卡安又再次地暴露出自己對寫字的無奈，而午間直射他們身體的陽光，並沒有因他們的對話，不適合生存在漢人移民該島之後的歲月而有所憐憫，惟達卡安身體被曬燙的時候，便把頭泡在溫涼的海水裡。

他們在學校共同的感受，某種特質，也是共同被記錄的成績。他知道安洛米恩，算是他部落裡的長輩，也是傳聞中的shumagpan a Ta-u，漢語說是「不太正常的人」。他十分茫然，安洛米恩敞開笑容的臉，似乎沒有部落的人說的那樣不可理喻的，神經兮兮，形容的那種人。他瞬間感受是，他的人很可愛，血脈基因的感覺彷彿可以接納他。

「Macilulu ka jyaken?」

（要來跟我嗎？）

安洛米恩笑道，心中思索著，「希望他成為我的學生」。他想著，若實現即可滿足他當野性海洋老師的願望，吸收跟他相似的遭遇，「腦袋裝不下漢字」的晚輩，對他來說，是真實的畢生願望。

他，一位少男，濃濃的願望如是波波浪花襲上達卡安的心頭，想跟他，看他潛水射魚。想到此，他的心脈開始跳動，願望開始篝火在波浪拍岸的潮間帶，身邊的波浪在晃動，他感覺海水好像沒有睡過。還有外海裡的珊瑚礁岩的原住民生物，許多魚類的曼妙身影，是他極度想要裝在腦海裡的記憶，而且是強力的願望。達卡安站在海裡，看著安洛米恩微笑地清洗潛水鏡，含蓄地回道：

「Apiya a?」

（可以嗎？）

安洛米恩的心魂活絡了起來，心海的喜悅如是他的鐵皮屋點燃著一炷蠟燭，假裝威嚴的點點頭，神情轉為嚴肅，彷彿是學校老師的模樣。小島上使用自製魚槍潛水抓魚的人都知道，他們面對的是野性流動的洋流，要知道洋流的變換，需要長時間的觀察海洋在不同季節時的詭異變換，以及潮汐與月亮圓缺的直接關係。此刻他思念父親傳授給他的相關於此的經驗、知識，還有他自己的親身驗證。現在雖然是白天，陽光炙熱的午後時段，水世界裡的能見度也很好，潛水的地點，也只不過離陸地礁岸二十公尺以內，帶著十二歲的少男浮升浮沉地游泳兩個小時，在安全上是不會有問題的。然而，安洛米恩的心靈儀式是，招收學生——是他傳授海洋知識，口述傳說故事的對象；再說，他也理解達卡安如部落的人，知道他被形容為神經病的人，是思想不正常的人，雖然他不以為自己是那類型的人，但是他的第六感，似乎可以感悟到達卡安是屬於野性海洋的少男，ＩＱ差，本性質感佳，這一點他認為，他們也是相通的，說自己是屬於優質的人格。所以他嚴肅起來就是要證明自己在達卡安心目中是正常人，是潛水抓魚的好手，想取得達卡安發自心中的尊敬；這個「尊敬」是他極度渴求的，來均衡自己被他人視為非正常人的人格。

「Jika unib syo!」

（你不可以害怕哦！）

「Jyata kamiyan mu maran.」

（有叔叔在，我就不害怕。）

達卡安被學校同學說是頭腦簡單的人，說他父親娶了部落裡最笨的女人，他理解笨的意義就是不聰明，讓他從小不愛母親，愛外祖父；但是愛外祖父，並不會減少他的自卑感，他也不喜愛與人辯證許多事件的是與非，諸如台灣好、念書與不會念書、蘭嶼不好等等的童年話題。但他非常理解，他是所有同學裡喝鹹海水最多，最不畏懼海浪的孩子，同學在教室學習漢人馴化原住民的課程的時候，他逃走，他遠離那位也是達悟人的老師，而後去海邊用身體親近大海，喜愛看海裡的生物，在海邊泡水令他常常忘記肚皮的飢餓，樂不思校。此刻偶遇安洛米恩邀他游泳潛水抓魚，認為這是他學習海洋的脾氣最佳的初始機會，學校不可能安排的，他最愛的課程。他的心魂如是媽媽燃燒柴薪煮地瓜時的金黃火苗，讓柴煙冉冉昇華的狀態。

天空上的太陽如是所有地球上的小島之不滅的燈罩，也是整片的海洋生物永續的能量來源，把淺海處的海底照明得非常清晰。小魚兒嬉戲在陽光直射照明的海底，透過陽光可以讓徒手潛水者理解亞潮帶魚類的原始習性。

此刻，安洛米恩腰部泡在海裡閉目，口中念念他自創的達悟語祝禱詞，內心裡的那股虔誠的精氣，看在達卡安的眼中，勝過他與父親每年參與天主教聖誕節的午夜彌撒，那位瑞士籍神父的禱告——

「我們在天上的父。」

「願祢的國來臨。」

「願祢的旨意奉行在人間。」

「如同在天上。」——來得更謙卑，當安洛米恩祈禱的時候。

他感覺安洛米恩的禱告比神父精緻，美感，讓少年的他初始感悟達悟人對海神的敬重是民族的固有基因。讓他想起了外祖父跟他說過的話，說：信奉天主教是因為可以獲得麵粉，可領從台灣來的衣服，不是民族原來的宗教。顯然島上的天主教、基督教是後來的宗教，他推測。這一幕，看在他眼裡，喜愛極了，想著，大海偌大，它的變化從他開始逃學起已經看了六年，海浪發情的時候，就是颱風，逼著人類躲進屋裡，安全期就是風平浪靜，邀請男人下海，女人在潮間帶採集貝類，發揮它的人性的時候，就會帶來飛魚群，它是值得敬愛的。

安洛米恩祝禱之後，二話不說地便把胸膛撲向海面，浪沫碎花運行其間，雙腳輕拍蛙鞋。安洛米恩的結實身子便浮在海面緩緩地由淺淺的礁石與鵝卵石築成的小海灣前行移動到外海。他的左手握著魚槍，蛙鏡注視著海底礁壁岩洞，時而憋氣下沉，時而浮升換氣，他如魚兒游姿般的自然，觀察海底的環境。這個時候，達卡安如是水芋田裡的田蛙，用他熟練的蛙式游姿隨後。如此帥氣的潛游，讓達卡安的初始游向外海的心魂羨慕極了。心裡想著，他很正常啊！根本就不是神經病人嘛！難道說，海浪會醫治神經病的人的神經嗎？達卡安邊想著，也邊以最自然的如田蛙似的游法跟隨，他喜歡這種無拘無束的，浮在大海的感覺。

陽光直射海底的光線如安洛米恩長髮披到肩背的泛黃髮絲隨著洋流曲折起舞，也如隔壁家的，他心儀的那位少女的長髮隨風飄逸，讓他第一次感悟到，海底的洋流是海裡的風，可以感受到，卻看不見，讓他忘記了他絢麗的頭銜「零分先生」。安洛米恩身子停住，頭殼露出海面透過波浪頻道跟他說：

「Jika unib an?」

（不可以害怕，好嗎？）

「Tuka ngiyan jiyan, jimu miyavasi yaken.」

（你就浮在這兒，游泳時不可以超越我。）

達卡安點點頭，這是他的第一節課。

「游泳時不可以超越我。」這是什麼意思？

達卡安戴著父親的圓形面鏡，讓他觀賞水世界的視野很大，從他的腳下看，他的左右邊，而後延伸外海深處，他的初始感官水世界的顏色，從蛋白，土耳其藍，青藍，綠藍，深藍到墨綠色的，不可知的很遠很深邃的神祕水世界，但是他沒有呼吸管，於是每一次吸了一口長氣，即可憋氣久一點，一次又一次的循環憋氣換氣。嗯，很自然，他想，滿足他飽覽水世界的內太空，對神祕水世界的好奇油然而生，這真是個浩瀚的教室，他心裡默想著。這是晴朗的天氣恩賜給他第一次外海潛泳的良機，給了他最絢麗的海世界，此景讓他下定決心，日後當個優質的潛水人。

他的第二課，就是訓練自己憋氣，憋氣的觀賞安洛米恩潛入海裡的英姿。約莫二十來分鐘之後，一斤以上游移速度很快的一群十餘尾的白毛魚[3]忽隱忽現在海底裡的海溝，安洛米恩在海面上觀察魚群的性情很久，而後在達卡安眼前不疾不徐地拍動蛙鞋潛下去，首先映入達卡安眼裡的是安洛米恩的大腿肌肉，蛙鞋交替拍動之際，左右邊的大腿肌肉被海水壓力壓得像是豆腐般的軟，這個原理，他還不能理解，第一次見過，他心海如此想。安洛米恩潛到八公尺深的地方，便把身子鑽進溝洞裡，只見到蛙鞋小拍的半個身子，想著，潛水射魚原來就是這個樣子嗎？他記住在腦海，一分鐘過後，安洛米恩從洞裡浮升，左手握著木槍，此時鑄鐵魚鏢末端穿刺著一尾白毛，緩緩地浮升到海面，此刻他的眼睛又閱讀到安洛米恩的胸肌像是陣風吹動的茅草草原，隨浮升的速度上下移動，肉皮內的肌肉像是水球，扁上去扁下去，一絲結實感也沒有，好奇特，他想。安洛米恩在海面換了一口氣，接著把食指穿進魚鰓，刺死魚兒，紅色的血在海水裡成綠色，他看見了，也學到了，此刻安洛米恩很認真地對他說：

「Pangangapan ko ya, naknakmen mo, jimu manawuhan do ta-u.」

（這是我射魚的魚庫，請思考在你心裡，日後你不可以跟他人說。）

「Ikongo pangangapan?」

---

3 白毛魚，達悟語稱之ilek，被歸類為女性、孕婦吃的魚，屬於精明的魚類。

（「魚庫」是什麼意思？）

「那裡有一個洞，是魚兒躲避人類獵殺牠們時，躲藏的洞，就是牠們在海裡的家，稱魚庫。」

「Nuwun.」

（好的。）

「Kama li-hai mo Ngalumirem.」

（安洛米恩，很厲害你。）

安洛米恩浮出愉悅的嘴臉，接著說：

「Jyata nanawuhen ku imo.」

（只要你跟我，我會好好教你。）

安洛米恩心裡想著，這個時候，自己剛從台灣回來，家裡已經沒有了至親的親人，包括他的兩個哥哥，很感激他，看待他為正常人。安洛米恩心中對親人的思念，認為是人性的本質，「思念」的另一個意義是，他記憶裡的，那一則他家族的，或者說是部落祖先移動航海的「傳說故事」，他需要一位可以聽得懂他說的故事，可以讓他傾訴心聲的人，他畢竟理解部落裡大大小小的族人，沒有一位願意與他說話，把他當作是神經病的人看待，他內心的孤獨亟需對象說話，紓解苦悶。達卡安的性格似乎符合他低度要求的條件，說：

「Tuka macilulu jya ken am, jika unib.」

（你就跟隨我後面，不可以害怕，你。）

「Jyata nanawuhen ku imo.」

（我日後會慢慢教你。）

達卡安也失去了他心愛的，逼迫他不要去漢人學校學習漢字的外祖父，同學們知道他的腦袋裝不下漢字，於是稱他是傻瓜蛋，準確地說，就是「零分先生」。這是極度刺傷他的尊嚴，他初始的人格的代號，這個「便利記憶」的代號，世界各角落都有，是彰顯初民社會部落內在的階級屬性。因此達卡安的內心世界裡的最大願望就是，從海裡學習生存技能來扭轉這個「零分先生」的汙名。今天偶遇被部落的人稱之神經病的安洛米恩可以教他潛水射魚，傳授給他白毛魚躲藏的洞，就是所謂的「魚庫」，他覺得，他被安洛米恩疼愛，這是在家裡、在學校沒有過的甜美感覺，他的緊張轉換為心安，於是回道，說：

「Nuwun, ji kuwa wunib.」

（好，我不害怕。）

微弱的西南風，二級的浪恰是初學者達卡安年紀可以承受的海象，也有個願意培育他的前輩，認為這是他的幸運。然而安洛米恩現在雖然是海裡的潛水勇者，他從恐懼黑夜的波浪、黑夜裡的水世界，恐懼惡靈起，也花了他整整兩年的時間自學潛水抓魚，磨練抹除此等恐懼的心靈，因此依據自己的往日孤影潛水經歷，對於達卡安的首航實習獵魚，以及延長他與自己的情誼，他認為，他不可以讓他的「學生」過度疲累，抓的魚夠他們吃的晚餐就可了，並期望在他的祕密基地用餐。

達卡安拉著約是十米長的，八十磅的魚線，魚線末端繫著一個如橄欖球小的，安洛米恩在海邊撿來的浮標，浮標上再繫著裝魚的網袋，另外還有一只魚鉤型的白鐵，與浮力好的木頭綁在一起，那是安洛米恩從洞裡勾住章魚的工具。達卡安拉著這一條線跟隨在安洛米恩身後游泳，他父親的圓形面鏡讓他的三點零的眼珠飽覽了其視野所目視到的綺麗水世界，花俏的，優游自在的彩色珊瑚礁魚，許多許多如安洛米恩手臂長的大鸚哥魚（arawa），浮游魚類尖嘴魚（vazangos），第一次閱讀到這些魚類在水世界裡活身影的曼妙，遠遠勝過他父親捕來的，已經死的鸚哥魚死相。哇！Arawa（鸚哥魚），哇！Anid（石斑魚），他從小就被外祖父從他父親抓來的魚，以達悟語教育他認識魚類，在他進入學校之前，包括女性吃的魚、男人吃的魚、孕婦吃的魚等等的達悟民族的魚類知識。這些魚類知識，魚類的身影，在他入學前就被雕刻在腦海，而且他從小說達悟語比說華語來得多，於是入學後的一個星期，他極度渴望翻閱的魚類圖鑑、魚類學名等等的，學校都沒有，也不教。一星期後，達卡安悶悶不樂地跟外祖父說：

「Yakay, yabu o among a vakong do Gak-ku.」

（亞蓋[4]，沒有魚類學，在學校。）

「Dehdeh sira, xiya jyatenen mangahahap sinsi do Gak-ku.」他接著說。

（他們是移民者，不會抓魚，學校老師。）

「Maci keikiyan ka jaken, nu makcin ka am, mangay ka do Gak-ku.」

（那你就跟爺爺學習過生活，肚子餓的話，就去學校吃營養午餐。）

達卡安就這樣跟外祖父學習過生活，偶爾去學校吃營養午餐，久而久之，上野外學校的時間，多於學習他者文明之知識，他的思維就變化得不大——在野外自豪，在學校自卑。關於這個際遇與安洛米恩完全雷同，這就是他們彼此相互喜歡的原因。

4 亞蓋，爺爺的意思。

他們還有完全相同的特點是左撇子，以及喜愛學校試卷的是非題，因為○○與╳╳無須使用頭腦思考，看不懂漢字，可是還可以猜一猜，運氣好就有分數。當然，他們都有先見之明，來學校考試，唯一的目的就是吃營養午餐。

於是達卡安尾隨安洛米恩游泳，對他而言是輕而易舉的事，這件事安洛米恩絕對不會操心的，他有游泳的早熟本能。

Jivazaz[5]外海的海底地貌很單調，很平坦，可是與陸地接壤的珊瑚礁海溝地貌變得很複雜，好像是許多數不清的魚類生物精心雕琢的工藝傑作，千億個礁洞孕育著無奇不有的生物，那些生物勝過於掘挖地瓜田裡的土壤蟲蟲。達卡安被吸引，在一公尺、兩公尺淺的礁岩生態，隨著波浪律動的學習潛水，而他那個圓形的視野廣的面鏡也協助了他對水世界初始的迷戀欲望。

「Maran, ikongo ya!」

（叔叔，這是什麼東西？）

「O, kueita ya.」

（喔，這是章魚。）

「Ikongo ya pa?」

（那，這個又是什麼呢？）

「Kunu ya.」

（這是五爪貝。）

「你要牢牢記住章魚與五爪貝牠們棲息的生態環境，還有，牠們的皮的顏色會變化。嗯，不錯，你我倆的基因運氣。」安洛米恩很開懷地說道。安洛米恩立刻潛下使用勾章魚的鐵鉤從干貝一張一合的口插入，倏地勾住干貝，干貝來不及反應吸住礁石防禦，便被安洛米恩勾上來了，而後他又從洞裡勾出達卡安看見的那隻章魚，並交給達卡安裝進魚簍內，如此迅速的動作，也是給達卡安在野性海洋的授課內容。

從那一刻起，達卡安開始密切注意，他可以潛入海裡珊瑚礁的章魚、干貝活動的生態環境。他就這樣自我練習潛水，一公尺、二公尺、三公尺，在四公尺深度時，他的耳膜便讓他感受壓力，讓他疼痛，一邊跟著游一邊察看珊瑚礁生態，他開始喜愛了海面下的水世界，這是他將進入國中念書的那個夏天，重新燃燒他邁向海洋少年的真情夢想。至於那個所謂的學校，他不得不去面對的「教室課程」，學習與寫字的，他另類真實的噩夢，怎麼辦？那個三年的時間。

5 在每個部落的傳統領域，達悟民族在沿海礁岸都給予命名，便利大家理解那塊區域的海象、魚類，也作為達悟人在外海船釣時的方位座標，特殊的座標有其傳說故事的典故。這是達悟人的環境知識。

他潛入水裡，游移的魚類非常豐富，他沒有魚槍，許多的許多的熱帶珊瑚礁魚類，他觀察牠們，牠們也觀察他，他安靜地趴在礁石上，他這樣自然地學習潛水的動作，魚類不僅好奇地圍繞著他，也逗著他笑了，每一次每一次的趴在礁石上，他發覺自己如是水世界裡魚類的觀光客。他挖著干貝，干貝吸住礁石留下的小吸盤，便成為引來小魚兒爭奪的食物，讓他十分地喜悅，彷彿是他自己營造了如他手掌大小的魚兒的生機，這些棲生在珊瑚礁的小魚兒不是安洛米恩獵魚的目標，於是魚類的天性好比是自己初次上學的自然真情的天性；考試後的零分成績，說是學校教他了「恨」字，以及字義背後的「零分先生」，複雜化了他的真情天性。眼前的這些羊魚類（goatfishes），天竺鯛類（cardinalfishes），蝴蝶魚類（butterflyfishes），如是他童年夢境裡，沒有邪惡眼珠的玩伴，他的外祖父形容這些魚，說是珊瑚礁古老的住民，他就邊欣賞邊跟著安洛米恩的淺游，於是他開始感覺與這些無私的魚類相處相遇，除了可以取悅他外，流動的活性洋流也會洗滌他在學校遲緩學習的自卑感，在海裡很舒暢，他感覺。

他十分注意安洛米恩在海溝裡潛入浮升的動作，他的敏捷迷住了他初次游向野性海洋的心魂，是他在海洋裡學習的活教材，眼裡閱讀絢麗的水世界的同時，想在心裡，說：「世界沒有比這一天更美麗了。」

每當安洛米恩潛入海裡，他就學著潛下去，初回潛到兩公尺的時候，他的耳膜被海水壓力擠壓得讓他疼痛萬分，哇！真困難，潛水。他如此想。可是，安洛米恩潛入海裡已經無數次了，十公尺、十五公尺、二十公尺都輕而易舉，反觀自己卻不行，很困難，潛水，無數次的想在心裡。

浮標上的網袋裝滿了安洛米恩徒手潛水一個小時射的魚，他們沿著近海的礁岸遠近地游，安洛米恩在一塊礁岩斜坡的海面停住，呼叫達卡安，魚槍指著海底某個礁石，說：

「Yamiyan ji to so kweita, yami cilcil so vatu, astahen mu yaken nam.」

（那兒有隻章魚，牠用石頭封住洞口，你在這兒看著我。）

「章魚在海底的哪裡？」他自己根本就不知道，這是他還沒有經歷過的，水世界裡的魚類生物的閱讀，今日是他的首航之旅，比其他初次上學時的心靈感受好上千倍。他就浮在海面上觀看安洛米恩，其赤裸的上身，所有的毛細孔，裝不下漢字的腦紋繼承了他的外祖父適應海水的基因。律動的海水，時而逆著游，偶爾順著流水，初次的游向大海，他好奇的眼珠只注意腳下大尾的鸚哥魚在不斷地吃海底礁石上的綠藻，他的父親雖然被部落的人公認為章魚王，但他不曾瞧見過躲在洞裡的活章魚。在他腦子裡，海底世界不僅是他夢寐以求的探索之域，同時浸泡在流動的海，他全身的毛細孔都活絡了起來，感覺非常舒服。幸好離開了學校，還有讓他渾身不自在的教室，還有惱人的漢字。於是，他認真記憶安洛米恩跟他說的每一句話，每一個魚庫。想到此，多少是減少了他在學校裡原來就沒有的原初自卑，下定決心脫掉「零分先生」的不雅頭銜。

安洛米恩倏地翻滾身子，頭下腳上如是白腹鰹鳥似地俯衝入海，緩慢且優雅地拍動蛙鞋兩三下，身子便像刀鋒似的潛入十多公尺深的海，一絲阻力也沒有的感覺，如此之初始經歷，在同學裡，他是第一個，說自己是這領域的第一名。安洛米恩停在礁岩的斜坡仰視達卡安，陽光直射海底，光線被流動的水扭曲，就像風吹著雨絲一樣的自然現象，歪七扭八的光線，好像敘述著千億年的星球故事。他指著章魚所在的位置，達卡安便試著潛入海裡探個究竟，然是，他潛不到三分之一的深度，他的耳膜被海水壓力擠壓，讓他漲紅了臉，無法再潛入下去，因而轉頭折返，頭在上腳在下的浮出海面換氣。真困難，他想。此刻，安洛米恩迅速地用鐵鉤勾住章魚頭，章魚反應不及用牠的八爪腳攀住礁石，牠就已經被安洛米恩從洞裡勾出來了，章魚立即噴墨，他身邊的海也立刻呈現墨黑的一團色澤，安洛米恩在水面上立即翻開章魚頭皮，章魚也迅速地被所謂的人類制伏，頭皮翻開就擒。這一瞬間的活頁舞台表演，只有五秒鐘，達卡安羨煞了安洛米恩，認為他是了不起的潛水人。他倆仰起頭顱，在海面上摘下面鏡，四眼綻放出喜悅的勝利神情，安洛米恩立刻又一回地跟達卡安說：

「Akman sang pangognoeita, mo katen ngan.」

（這就是抓章魚的技巧，迅雷不及掩耳的，請記住。）

達卡安笑在臉上，記在心海，顯然，這才是他要學習的課程，每一道波浪的魅影好像在陳述著祖先航海漂島的容顏。哇，水世界無奇不有啊！他的腦海如此的想像。

他們繼續地往夕陽下海的方向游，游了走二十步路的時間的時候，他們游到了Jimasapao的小海灣。安洛米恩再次地停住，也再次地跟達卡安說話，說：

「Yamavavao do jiya,weito o kakawan a pangangapan ku so Ilek pa a.」

（這兒很淺，那個礁石洞也是我的魚庫。）

他們露出在海面的頭顱，還有即將吃魚的牙齒露了出來，達卡安尤其是樂歪了。安洛米恩發現達卡安在海裡游泳的基因是天生的，他感受得到。如此的野性基因是注定排拒殖民者的統化教育，這種心理的反射無須解釋，幾乎完全與他相同，自我解嘲地想，是「神經病」與「零分先生」在海裡的相遇禮讚。

安洛米恩裝魚的網袋裡的魚，他用磅秤的公斤換算的話，約莫是十二、三公斤的重量，魚的尾數是二十尾，對於沒有穿蛙鞋游泳，又逆流的少年達卡安來說，拉著魚游泳是負重的。此刻他在海上的頭顱仰視頭頂上的午後太陽，他猜測的腕錶數字約莫是午後三點左右，對達卡安說：

「Kama zikna?」

（會累嗎？）

「Yabu.」

（不會。）

「Pangangapan ku do jiya a. Astahen mu yaken am?」

（這兒也有我的魚庫。你注視我潛入海裡的地方，好嗎？）

兩個裝不下漢字的頭顱，在海面上遠遠看來像是外海漂來的椰子，此時你會發現那兩個忽隱忽現的椰子是被部落的人歧視的，他們正在為了生存而學習求生。安洛米恩吸了一口氣，即刻潛入水裡，並且趴在海底的鵝卵石上，左手上的魚槍早已指著洞口，手掌貼在木槍末端的發射壓條，如是陸地上的獵人食指輕貼在扣扳機一樣的動作，靜待獵物的顯影。他左看右瞧，然後就浮升，換了兩三口氣之後，說：

「Yabu o kankanen[6], tana.」

（沒有食物，上岸，我們。）

Jimasapao的小海灣沒有沙粒，全是鵝卵石，那兒是蘭嶼邁入現代化後的飛機場末端，小海灣面海的右邊有一處南北通風三公尺高、四公尺長的天然洞穴，邊邊的一隅，有個人為掘挖的小水潭。他們上岸之後，安洛米恩帶領達卡安走向那兒，水潭邊有個被切成一半的椰子殼，供人舀水沖洗身體，他跟達卡安說：

「Picipzasan ya no mipapuopao o ta-u.」

（這是供下海抓魚的男人沖洗身上的海水的冷泉[7]，之後才可以回家。）

「Ta ngang?」

（這是什麼意義？）

「Ma cilulu jimu o anito, nuji micipzas.」

（野鬼孤魂會跟你回家，身體若是不沖洗淡水的話。）

「Yisyisan tapa o among ta, ta makaniyao.」

（我們先把魚鱗刮掉，這是我們達悟人的禁忌。）

他們張開大腿，盤坐在岸邊的陰涼處、微浪波及的鵝卵石上刮魚鱗。此時安洛米

---

6 達悟人對於山裡白鼻心的樹窩、魚類在海裡棲息的洞，若是空的話皆稱之沒有食物。為了生存，樹窩或是魚庫是私人的、家族的祕密基地，由此衍生出達悟人對島嶼氣候的變換與動物、魚類的敏感。

7 當時達悟人的家屋沒有自來水的設施，下海抓魚上岸的男性必須在上岸的附近用淡水沖洗身子才可以回家，沖洗了淡水，沿岸的野鬼孤魂就會遠離。

恩開始思索，所謂的傳說故事裡的法規，讓達卡安了解傳說裡的典故，他認為，這是他的責任，有必要讓達卡安理解傳統的法規，他平心靜氣地說：

「我魂先前的肉體[8]跟我說，這是祖父的曾祖父的曾祖父，是很久以前的故事；伊拉岱部落裡有個名叫西・杜烏的人，以前的海水在大漲潮的時候，潮間帶的礁岩海溝全是游進溝覓食的大魚，西・杜烏在這個時候，就坐在溝口堵住魚兒游回大海，等著潮水退。退了之後，大魚就被自然的溝口堵住，溝池裡的魚兒就這樣被他輕而易舉的任他選擇，拿回家孝敬他的祖父母、父母親。當夜的黑神降臨之後，他們的家屋在那個時候，盡是野鬼臭味致極的腐屍味，讓他們全家人無法入眠。翌日清晨，懸掛在他們屋簷的魚乾像雲一樣，被風移動得不見了。他每一次的豐收，魚乾就每一次的消失，野鬼臭味致極的腐屍味如西・杜烏的人影相隨。有天，他的祖父尋求巫婆解咒，巫婆於是直白地說：你的孫子，每一次從海裡抓魚回家的時候，每次都沒有用淡水沖洗身上的海水鹹味，野鬼於是跟隨你的孫子回家，認為你的孫子還沒有離開海洋，說，祂們有權利吃光你們家的魚，魔鬼認為那些魚還在海裡。所以你們家在黑夜都是鬼味，男人從海裡抓魚回家，必須以淡水沖洗身體，這個意義就是，海水與淡水的區分，淡水沖洗肉身之後，魚類就屬於活人了。

「第二個意義是，不沖淡水澡，匆匆回家猖急的男人，表示家裡有猝死者，或言詛咒家人。西・杜烏的祖父母聽了巫婆的淡水與海水之哲理後，他們才釋懷。此後，他們便記取教訓，以淡水沖洗身體才回家，魚乾庫存的愈來愈多，家族男丁也興旺了起來。」

「Piyanen mu du oned mu o cireng kwan.」

（達卡安，請把我的話，休息在你的心海，猖急的人沒有魚吃，回家前，必須用淡水清洗身體。）

達卡安心裡想著，這一則故事，這一席話，在他裝不下漢字的頭腦很快地記憶起來了，彷彿微微的波浪輕拍他的腳跟的同時也幫助他對於這個故事的記憶想像，這種島嶼民族的傳說，也因環境背景，讓他有切身之感觸，至少他記得清楚的是：不沖淡水澡，匆匆回家猖急的男人，表示家裡有猝死者，或言詛咒家人。

魚，排列在石頭上，把漁獲分成男人吃的魚、女人吃的魚兩堆。他們先生食干貝裡的肉，然後使用干貝的殼刮魚鱗，他學到了這一招。達卡安在刮魚鱗的時候，安洛米恩在水潭邊做爐灶放乾柴生火，而後清洗藏在礁石縫裡的鋁鍋，把他已經清洗好

8 意指已經往生的父親，漢語是先父。

的、兩個手掌大的五尾粗皮鯛魚取出內臟，丟進鍋裡煮，以及一隻小章魚。安洛米恩邊看著火，邊刮魚鱗，此時他安靜了起來，他看看逐漸下降的太陽，與海平線之間的距離來猜測鐘錶的幾點，至少夏天的白天比冬季的長，想著，應該還沒有到四點鐘，他想他們有充裕的時間野餐吃魚肉、鮮魚湯。

安洛米恩再以椰子殼舀一瓢海水放進鍋裡，然後在洞穴面海右邊的林投樹叢裡，取出一個乳白色的、可以防雨水的塑膠盒，拿根長壽菸，點了菸之後走向達卡安那兒，繼續刮魚鱗。這些從海裡游泳、潛水射魚，到岸上刮魚鱗、吃干貝肉、取鍋生火、煮魚等等的安洛米恩的行為，都成為初學者達卡安的視覺教育，在野外基本的謀生程序，他認為這是他最充實的一天，勝過於六年在國民學校的學習。

「水世界很美，又可以消暑。」他微笑地想著。他們把刮好魚鱗的魚用海水清洗，之後安洛米恩分成兩份，說：

「Imu ya, yaken ya.」

（這是你的份，這是我的。）

「Karowaro na jyaken, kuni makamong.」

（我的份，怎麼那麼多？我又沒抓到魚。）

「Iyangay ta ya, tupei yangaya vunungen o ni meiheza do wawa.」

（這是我們固有的習俗，抓到的魚兩人平均的分，不是抓到與沒有抓到魚的道理，知道嗎？）

安洛米恩把煮好的鮮魚從鍋裡撈出來放在姑婆芋葉上，幾步路之前，這些魚類還在海裡優游自在地活著，此刻成了他們自己果腹的新鮮食物，達卡安內心的感覺很美好，認為只要可以潛水就不怕沒魚、海鮮可以吃，也就可以生存了。爐灶上下左右周邊的礁石被柴煙燻得乾淨的黑，沒有任何昆蟲、螞蟻寄生，達卡安十分好奇地觀察他們所在的空間，爐灶周邊堆壘著約一公尺高的鵝卵石，不僅防風也讓柴薪火力集中，同時石頭的溫熱在雨天、在冬季對漁夫而言，是某種自然生活的享受與保暖。兩人坐在人為整理好的、平坦的爐灶口圍著鋁鍋，用椰子殼喝湯，用雙手吃魚肉，海浪就在他們身邊十公尺處，他們的樣子看起來像是無父無母的，自食其力的野孩子，快樂地享受最新鮮的食物。

是的，安洛米恩從台灣回蘭嶼祖島的時候，母親已經失蹤了三個多月。這是因為他不會寫漢字的信，他的父母親也不會說華語、看漢字，也記不住家裡的郵寄地址，也沒有電話，他在台灣C市的碼頭當漁工的時候，他以為他的母親一直是健康的；可是三年後回家，期間沒有任何訊息的，親人的生與死，他當時根本就不在乎。如今家裡真的是「空」了，只剩他的記憶還沒有「空」。家裡沒有了雙親，這個天然洞穴很自然地成了他解決中晚餐的祕密基地，也是他循環記憶的放空與回憶的處所。

「Maka piya ka kuman an.」

（你要學習吃相的優雅。）

安洛米恩真情望著達卡安說。

達卡安點點頭，微笑示意，彷彿安洛米恩的每句話，在這個時候都成了他學習過生活的金玉良言。安洛米恩接著又看著達卡安說：

「Mangay ka do ko-chon an?」

（你要去國中念書，好嗎？）

「Kuma teneng!」

（我不聰明啊！）

「Mangay ka.」

（你一定要去。）

「Tangang?」

（為何一定要去？）

「Kateneng mu do vatvatek nu Taiwan.」

（如此才會寫台灣人的字。）

達卡安沉默著，喝鮮魚湯，望著身邊的海浪。他理解自己，當他自己被逼用華語寫他的名字的時候，他會很自然地使力扭斷鉛筆，搓破紙張，他不知道，他這個行為的初始動機，他完全不知道，好像漢字是他出生後，成長基因的敵人。小學六年的時間讓他無法接受寫漢字，他心裡想著，因為他是左撇子，老師硬是要他使用右手寫字，他不更改他原初的習慣，讓他飽受了老師的鞭打與歧視，而一碗飯加一雙筷子等於「零分先生」，也是他怨恨學校，討厭老師的根源，彷彿生來就是左撇子是學校裡的異類。

「Kama teneng do vatvatek no Taiwan?」

（你會寫台灣人的字？）他認真問安洛米恩。

「Ori o ko tufuyan jimo mangay do ko-chon.」

（我就是不會寫字，才叫你去念國中啊！）

達卡安知道安洛米恩也是左撇子，他笑著跟他說：

「Ta miyangay a mawuzi！」

（我們一樣啊！左撇子。）

「所以我們一樣，都是左撇子，也是『零分先生』嗎？」安洛米恩也笑著說華語回道。

「在我上小學，一九六〇年代晚期，從台灣被派來蘭嶼的老師們，他（她）們好像很認真教書的樣子，我一年級的時候，就認真地思考，說在我心裡，說，我要第一名。我一年級的老師是年輕的布農族人，我於是很認真地學習，那時我真的很愛上學，又有營養午餐，饅頭的吸引力如父親抓的魚，可以讓肚皮膨脹的吃飽。

「可是第二學期的，我們的飛魚季節的時候，我們部落裡的每位長輩都有自己的拼板船，那一年的飛魚特別多，而我超愛觀賞長輩們在白天、在傍晚出海捕飛魚的情境，超喜歡看男人划船的英姿，船在海面上切浪的感覺就像是風一樣帶走雲片般自然，你會發現我們的前輩們出海獵魚的時候，與海浪，與飛魚、掠食大魚好像是賓與客之間的契約關係，在每年的二月之後必須實踐的儀式信仰。我因而在每天晚上在海邊等我父親捕魚回來。不只是我父親經常滿載飛魚，部落出海的男人都是，彼時部落的人都非常認真地抓魚，生活節奏按著民族傳統的三個季節的歲時祭儀，部落是和樂融融的氣氛。那時的環境情境吸住了我的靈魂，為此我就鮮少上學。

「當天氣不好，長輩們無法划船出海獵魚的時候，我才想到要上學，可是布農族的那位年輕老師，看到我上學的時候，好像發瘋的樣子，不僅用藤條用力鞭打我，還頻頻踹我，罰跪我，我覺得學校當時給我的，很恐怖；還有漢人學校一切課程，好像勝過我們祖先經驗累積的生活智慧似的，他們優質，我們卑微。我經常被鞭打，屁股被打得疼痛，轉換為我對學校的怨，對老師的恨，說我沒有遵守學校的規則，過了一段時間，我還是不會寫我的名字『黃萬』，不會寫也要被打。我的忍耐最後乾枯了，我的感受好像是被過分欺負的狗一樣，發出怒吼，我也發瘋了，用石頭丟老師的頭的邊邊，結果他的頭就用力追我丟的石頭，他的頭就這樣流血了（達卡安微笑）。

「從那個時候，我就沒有再上學了，躲著那位老師。我厭惡的是，當時學校裡老師喜歡打學生，讓我們感受到學校很恐怖，我們並非是天生的笨，而是我們一出生，我們說的語言是達悟的話，不是華語，有人學得快，有些人學得慢，就像建造拼板船一樣，有的人的船漂亮，有的人的船看來就笨笨的，每個人都有學習的差異性，我想我們兩個是屬於學習華語的障礙者，但不是笨蛋。過了三年，那位老師調回台灣以後，我才上學，可是我還是一年級，我的同學已四年級了。」

兩個人四眼對焦，某種微笑在彼此的臉龐傳遞出，你不優秀，我也不低等如是海裡的低等魚類，安洛米恩不抓的魚，潛水夫視而不見的minavivyas（掃把魚）[9]，在

9 長尾革魨，潛水夫潛入水裡時，牠不逃走，乖乖地給你抓，稱低等魚。

學校可有可無的學生，放射出某種微弱的，彼此間在學校是相似的自卑感，在海裡相似的自信，同質性高。安洛米恩繼續說：

「後來，一位被稱之神經病的，外省籍的劉老師知道我在教室裡的模樣如是不安於室的小公豬，又看我長得魁梧，早熟的一年級生，乾脆就叫我抓田蛙與鰻魚給他，或者到廚房燒柴生火，幫忙做饅頭，我就不用上惱人的，有文字的課本了。因為他有一點神經病的嫌疑，而我經常跟他在一起，後來我一直待在一年級，於是也被稱之神經病的人了。即使我們部落的，也是達悟人的那位張老師，他真的不好，不僅視我是神經病的人，同時我不學習學校課本的知識，也把我當笨蛋看待。

「後來我努力拿鉛筆學習一筆一畫寫我的名字，會寫的時候，我已經十七歲了，留級好幾次，我才從國校畢業。後來我去台灣工作的時候，我又忘了如何寫自己的名字。所以，你要上國中，至少要會寫自己的名字，台灣人才不會瞧不起你，關於中國人的歷史如何如何的，我們可以不需要知道，那些故事對於我們下海抓魚的人來說，沒有喝海水來得重要，知道嗎？忍耐三年，放假就跟我潛水抓魚，抓章魚，挖五爪貝，還有挖九孔賣給漢人吃，也給我們自己吃。」

熾熱的午後，在他們享用鮮魚肉湯的同時，讓他們全身滿是蒸發的汗水，汗水沿著乾淨的肌膚流下腰間，達卡安於是衝入海裡納體溫的涼，上岸時，說：

「Yapiya u wawa.」

（海水很美哦。）

安洛米恩審視達卡安光滑細嫩的肌膚，海水從乾淨的部位滑溜下來，他的神韻配合著其身後的湛藍海洋，鐵定是海洋的孩子，他想在心坎。他也想像，當達卡安國中畢業的時候，再把他家族的航海故事說給他聽，讓他在進入青年時期可以藉著傳說的故事，可以省思現代性帶來的民族矛盾，有傳統知識可以依賴，有海浪、有魚類可以過生活，甚至在未來不久的時日，族人抓魚的能力因被許多現代事物綑綁，被文明馴化，抓魚能力弱化了之後，或許族人可以接受買賣海鮮的事；於是他假設性的思考，應該多多傳授海浪的知識給達卡安，讓他早熟，給族人看看他帶的野性海洋學生，依據這個經驗取得部落、族人的尊重，以及小小名氣。於是很理智地說道：

「Yapiya u wawa!」

（海水很美吧！）

「Macilulu ka jyaken xijya teiteiak yan.」

（那你在整個暑假就跟我潛水抓魚，好嗎？）

「Nuwun.」

（好啊！）

台灣來的乘載十九人的輕型飛機，嗡的超大噪音刺穿了他們午後對話的寧靜，轟……從他們的頭頂上降下機場跑道，咯乩……咯乩……飛機降落煞車聲，聽在達卡安耳裡很嗆，他於是用雙手遮耳孔，數分鐘後轟……轟……的高分貝，乩乩……地頓音了起來，飛機於是停止了螺旋槳葉的轉動。陌生的移動旅者，從機身下到小島嶼的土地，開啟了旅者們對島嶼島民新視野的差異想像，於是Nikon、Canon成為旅者在陸地行走必備的獵魚工具。

「Tana mu Tagaha.」

（走吧！達卡安。）安洛米恩說道。

他們用魚線刺穿魚鰓形成魚環，再拿根木條扛起魚兒，走在午後的陽光蒸騰鵝卵石的熱度上，陽光、鵝卵石再次讓他們肌背蒸騰出汗水，背對著藍海的走姿像是草原上跳躍的羚羊。安洛米恩長年被陽光直射曬傷的黃色長髮走起路來顯得格外美麗又飄飄的，和著他強壯結實、肌肉發達的身子，在台灣島工作是吃過苦頭磨練出來的感覺，還有他那張跟母親長相相似的，俊美的臉，往往會吸引遊客多看他一眼，還有想要親近他的特質。這一點達卡安也認為安洛米恩是英俊的年輕人。他們赤裸的上身穿越過二十來公尺寬的林投樹叢來到了石子公路，走了三十幾步路的時間後，安洛米恩接著跟達卡安敘述說：

「當我還是一年級，約是一九七〇年的時候，我們的島嶼天空開始有了載遊客的飛機，從三個乘客進步到八個乘客，再發展到現在十九人座的多尼爾輕型飛機，或許將來也會有載客量多的快艇。所以你一定要會寫自己的名字，去念國中練習說漢人的話，畢竟我們島嶼的明天的未來，外來遊客不可能愈來愈少，反而會多到讓你討厭他們的問東問北，也帶給我們不同的是非判斷。」

「Nuwun mangay ku do ko-chon.」

（好啦，我會去國中上課啦。）

安洛米恩笑在心底，他認為他並沒有說服達卡安，而是讓達卡安預先感受到島嶼的未來危機，包括海裡的魚類在不久的未來也會銳減，就如他自己在一年前，在台灣C市的近洋漁船當漁工，在菲律賓北部的諸小島與台灣人獵魚的時候，經驗告訴他，漁獲量漸漸減少一樣。所以想給達卡安少許的未來危機意識，彰顯自己有國際觀，於是跟達卡安說：

「Nima kaduwa kawan ku do 菲律賓 mangahahap so among.」

（我曾經在菲律賓與台灣人共同抓魚過兩年。）

「Manuyong an.」

（真實的嗎？）

「Manuyong.」

（當然是真的。）

「Orio kwei kapakapa Wumang.[10]」

（所以我看起來像是無吂樣。）

達卡安閱讀安洛米恩俊美的臉容，結實的身材，笑起來，說：

「Wumang kaya.」

（原來你是無吂呀！）

「過去我是無吂啦！現在已經不是了。」

機身的座位穿插坐著許多不同人種，不同宗教，不同身分職業，老弱婦孺，高矮胖瘦。蘭嶼在一九四九年之後被移民來的漢人、旅館業者神祕化了島嶼形貌，異俗化了，也愚昧化了達悟固有的傳統文明，整體的達悟文明被移民者奇幻化，營造夢幻般的不實神話，誇張化達悟人任意對他們胡扯的鬼話連篇，讓遊客的鏡頭恣意的獵取達悟男性的丁字褲，優質化台灣人，終極目的就是從移動旅行的觀光客身上撈錢。然而愚昧化久了達悟人，其實就是醞釀彼此對立的未來，促成了會說華語的達悟年輕人對移民來的漢人，在他們每一次帶團的環島旅遊開啟了達悟人謾罵遊客的噪音，這個過程安洛米恩不僅看在眼裡，他只穿丁字褲的、已去世的父親也是受傷者之一，再次的跟達卡安說：

「Orio kwei kapakapa Wumang.」

（所以我要裝作是無盲的樣子。）

安洛米恩看見旅館的林經理在機場大門與遊客十分歡樂的對話，他雖然不會寫字，可是華語說得溜，閩南語說得通順，彼時恰是夕陽的美景時分，帶給遊客美好的心情，那天最後的一個班機。

「嘿！給我香菸，林經理。」安洛米恩不伸出手，只用嘴說話。

「只有半包菸呢！」林經理說道。

「拿來就好了啦！」

「魚送給我啊！」

---

10 Wumang，達悟語是寄生蟹，這是島嶼去過台灣的耆老，認為台灣人壞人為流氓，因發不出流氓的正確華語語音，順溜的口音就是「無盲」，就這樣達悟人稱流氓為「無盲」。

「明天啦！」

「為什麼？」

「他的外祖父剛死掉啦！迷信啦！」

安洛米恩拿完菸就掉頭走，魚環在他們的肩背搖晃，遊客抓緊時機拚命地按下快門，兩個赤裸的身影，背後的魚環隨著他們回家的步履晃動，此景是剛來的遊客們在台灣沒見識過的，很浪漫，很真實，也是自然性的鏡頭影像。然而浪漫、真情不是達悟人未來的優勢條件，而是相機鏡頭的獵物，而他們現代性知識的貧窮，看不懂漢字，在林經理的眼裡早已是他欺騙達悟人的利器。

「Manuyong, kamei wumang.」

（真的，你很像無言呢！說話跟那個林經理呢！）達卡安夾著讚美的語音。

「徒弟 ku imo an?」

（你當我徒弟，好嗎？）

「Ikongo o 徒弟?」

（徒弟是什麼意思？）

「就是當我的學生。」

「Nuwun.」

（好。）

父母親的離開，以及他兩個的兄長沒有超過二十五歲的生命死在不是他們靈魂出生的異地，對安洛米恩都是最大的打擊。在他的鐵皮屋關起他唯一的日光燈，走出屋外，背靠水泥牆望星空冥想，很自然，他的父親哼唱航海之歌，口述傳說的記憶畫面浮上心頭，寧靜是記憶清晰思維的贊助者。如今他懷念過去依賴父母親給他食物吃的歲月，此刻也開始抱怨自己年幼時的倔傲性格，埋怨學校老師的體罰，讓他喪失了讀寫漢字華語的能力，等於失去去台灣賺錢的基礎本能。唉！他嘆了一口氣，重重的心事，沒人可以傾吐，一個孤獨的年輕人在未來的歲月，我要如何過生活呢？

「天空的眼睛，你可以告訴我嗎？」

「媽，妳在哪兒？」

「媽，妳為何走了呢！」

「媽，我肚子好餓好餓，啊……」

「媽，我肚子好餓好餓，啊……」

銀白的淚水沿著他筆挺的鼻梁滑下到他結實的胸膛，又自言自語地說：

「媽，妳在哪兒？」

「媽，妳在哪兒？」

他雙手肱部交叉在腹部蜷窩的面海側躺，泛黃的髮絲垂落在他不再開啟的國宅家屋的走廊上，他再次呻吟，很悲涼地壓低聲音道：

「媽，妳在哪兒？」

「爸，哥哥，你們為何留下我就走了呢？」

「爸，哥哥，你們為何留下我就走了呢？」

母親留給他的老母狗似乎感受到安洛米恩懺悔的心魂，如是落魄的歌手慘叫了兩聲後，便走近安洛米恩的腳掌邊，還有牠那些還在吸吮奶水的四隻小狗。早晨後的白光睜開了他的雙眼，小狗們的異味在他的鼻孔散發出不是人味的味道，他蠕動鼻孔，嗅一嗅，四隻小狗如他一樣的在他六塊肌的腹部蜷窩沉睡，他淺淺地笑了，此時老母狗，他稱之「冬瓜」，在他眼前搖動尾巴，立起後腿向他示好，問聲早安。他起身，把背靠在牆壁，說：

「你們來啦！冬瓜。」

「冬瓜」使力地擺動尾巴，伸出舌頭示意想要舔他，他抱起四隻小狗放在腹部，說，「你們要聽我的話。」冬瓜使力的擺動尾巴，伸出舌頭示意想要舔他，認他是新主人的眼神。

柴煙是他活化意志的苗，是他成長的、與父母親共同生活時的家屋記憶，也用來驅趕鐵皮屋內舔食魚乾的蒼蠅、蚊子。柴煙由屋內縫孔外伸升空，他把一些抓來的魚乾放進鋁鍋內，而後走出屋外，枯坐在涼台上癡癡地望海，冥想。海，他的最愛，也是讓他忘記、回憶親人的循環光圈。

「Ku macita o awub nu vahai mu am, yaku ni yayi ya.」

（我看見你家有冒煙！所以我來。）少年達卡安，赤裸著上身說道。

安洛米恩邊吃魚邊聽達卡安說話，回道：

「Mamaren ta so sagit mu, xi cya raw ya.」

（我們今天製作你抓章魚的鐵鉤。）

「O sya rana ni mayi sira 冬瓜ya.」

（冬瓜家族回來啦。）

「正好回來陪我。」

安洛米恩不僅教導達卡安製作魚槍、抓章魚鐵鉤，還有關於月亮、潮汐的知識，也傳授給他，自己所有的魚庫所在，同時海況不佳的時候，他們就上山拿乾柴，堆放在這個洞穴。達卡安的整個暑假不是在海裡，就是在山裡，也在水芋田幫他的野性老師安洛米恩的田園工作，學習生活。他們朝夕相處，一同抓魚，潛水挖九孔，夜間抓龍蝦賣給飯店，讓達卡安在整個暑假生活過得十分充實，賺了很多上國中念書的零用錢。

「Ayoy yamu ni nanawu jiyaken.」

（謝謝，教我的這些。）

「逃學」依然是達卡安不變的習慣，但他卻在山裡海裡「上學」，其實更早以前安洛米恩也過這樣的生活，在他的父母親的教育下成長。於是一些勞動、獵魚的過程中傳統歲令、儀式祭典，成為安洛米恩教育達卡安的生活哲理，尤其是飛魚汛期期間的禁忌文化，讓達卡安理解了達悟民族的環境生態的信仰，諸如獵捕飛魚期間嚴禁潛水持魚槍射魚，又如月圓時段強勁洋流會帶來豐富的飛魚群等等的，如此的原初知識讓少年達卡安很自信。當他在學校用午餐的時候，同學們吃中式午餐，他卻在同桌上剝龍蝦殼吃，羨煞了同學們吃雜食的牙齒，還有漸漸對達卡安羨慕而改變的眼神；也許同學們功課好的只屬於極少數的同學，泰半的同學也多跟他一樣，對學校的制式課程沒有很多的興趣。島上六個部落的學生共同生活在學校，他（她）們都知道，學校裡的兩位達悟籍的老師也都是被保送上大學的，換句話說，兩位老師還沒有實力可以考上台灣的任何一所大學。然而，當達卡安在學校的時候，也發現其他部落的同學有幾十位跟他一樣，不會寫漢字，而他會抓魚抓龍蝦讓他感覺到自己比那些同學優秀，降低了自己的自卑感。然而那些只是一時的感受，安洛米恩跟他說過。

對安洛米恩來說，他的大哥在自殺之前，也不曾忘記地提醒他說：

「必須學好華語漢字，在台灣求職謀生才有競爭力。」

然而，年少輕狂的他不認為如此，現在與達卡安走在礁石路上去抓魚，還真感受到自己在台灣工作時，只能聽台灣人的使喚，即使自己勞動量、體力勝過一般的閩南人工人，可是在工資方面卻少於那些人，尤其在船上當船員的那一段時間，彰顯了民族的階級差異，他雖然厭惡自己被歧視，但卻拿不出實力與膽識對抗雇主，最後只能選擇離棄，退回到自己出生的小島，療傷被歧視的尊嚴。他斜視達卡安，認為他在未來去台灣工作也必定會遇到跟他一樣的感受，這或許是「逃學」的代價吧，他如斯推論。

「逃學」就是我們未來繼續「逃避」的鐵證，他思念他大哥的同時，也厭惡自己「逃避」的行徑，甚至於逃避父母親去世的事實。而，達卡安，他的徒弟比他更差，說是頭腦簡單的人也不為過，只要下海抓魚，其他的瑣事好像都不存在似的。怎麼辦呢？我們的未來。

「Tumuvuz ta nan.」

（潛入海裡，現在，好嗎？）達卡安問道。

大海永遠是慈祥的祖母，供應人類生存的能源，海洋生物生息循環的舞台，也是他與達卡安「逃學」「逃避」的世界。噗通，微浪炸開，碎浪擴展頂撞迎來的下一道再一道的波浪，兩具人影在水世界裡像蚊子似的，他們認為自己是海人的想像，繼續他們生存的獵魚事業。

飛魚汛期男人屬於海岸，不屬於陸地。

一個五月的某個星期天，穿著牧師服的周布良，心情擺盪在不甚喜悅與不甚悲傷之間。昨晚他已看完了今天做禮拜、他在台上要說的《聖經》裡的故事，及思索轉譯其中的哲理。每個星期天，他必須展現他的喜悅面容給部落裡的教友，即使心情不佳，他也必須裝著表裡不一的喜悅，他認為這是他自己營造的陷阱。他在思索，十多年前在長老教會培育在地牧師的訓練時，很認真地問自己，我當牧師的意義在哪裡？那幾天神職人員的西方神學訓練，有兩位加拿大來的，華語說得比他好的白人牧師，他一直質疑他們的信仰理論。首先浮現在他腦海的問題是，為何「上帝」只有一位？

「上帝」為何是白種人？

第三，西方來的牧師們，為什麼始終否定台灣泛原住民族初始的傳統信仰？

對於這些問題，被封牧之前，或者說，當了牧師十多年後的今天，他還解不開，如是深邃漩渦似的，他內心裡的迷惑。其次，他跨越不過不恥下問這道門檻，也或者說，他感受到，他恐懼白人牧師說他的基督信仰如黃銅般的純度不佳，而不封他為牧師。於是某種人性的弱點，在他封牧之前的底牌是，每個月只要有薪水過生活即可，只要不暴露自己的信仰不佳即可，只要有族人進教會當教友即可，假裝說，「上帝」只有一位，白人牧師，長老總會，會捐錢即可。如此的消極心態之根源，在於白人牧師始終否定原住民族初始的傳統信仰，說，那些非《聖經》裡的傳說，是撒旦的產物，是世俗的，而非神聖的。再者，講《聖經》的道理已經講十多年了，為什麼他的教友一直沒有增加？這也是他作為在地牧師那麼多年的憂慮，以及謎題。

他剛吃完中式早餐，從家裡走向一九六九年運用在地鵝卵石與台灣水泥混合搭建的教會，坪數約是十六左右。他走固定的路徑，用了四五十步路的時間，其實教會就在他家隔壁而已，這樣走的目的，說穿了，就是讓部落的人看見他身為牧師的喜悅面容，強顏歡笑，這也是他的悲傷之一，他理解自己生性並非是樂天派的人。周牧師在走進教會前的第一個石階上停住，觀看四十五斜度的，用黑色柏油漆漆成的鐵皮屋頂，在每一年的夏季來臨之前，西南氣旋帶來的海水鹽分高，很容易侵蝕鐵皮，肉眼查看是否有破損，思考如何跟教友，或是長老總會募款整修屋頂。風勢從教會的北北東方吹向海洋，這是五月的飛魚季節少有的氣象，他的雙眼隨者風雲移動到南邊的汪洋大海，觀察氣候的變化。那個時候，恰巧是自己民族傳統月曆papataw，釣鬼頭刀魚月。彼時一直沒有信奉西方基督宗教的，部落裡的五分之四的中老年男人，包括他已七十好幾的舅舅、繼父，他們在此刻早已承繼傳統信仰在海上漁獵鬼頭刀魚了，如此的傳統漁獵信仰，划著自製的拼板木舟直接曝曬在太陽下的海面上，很是螫疼人的肌膚的，但是漁獵鬼頭刀魚的中老年人認為那是島嶼男性應該承受的淬鍊。從他當牧師以來，他便失去了他初始對延繩浮釣飛魚、鬼頭刀魚的興趣，如今的他已經不屑這種獵魚的文化了。海上獵魚不僅被日升的太陽直接折磨，鬼頭刀魚在島上又沒有金錢交易的價值，只是晾曬在屋院很好看而已，於是說釣鬼頭刀魚是沒有意義的，況且《聖經》裡也沒有書寫過這些獵魚文化，或者說，耶穌不會釣魚，雖然是如此，可是對那些還在堅持傳統漁獵的男人而言，那是他們的精神財富，是他們依據飛魚神神話繼承的環境信仰，歲時祭儀的節序。然是好幾回的，那些守著傳統漁獵技藝、儀式的中老年人，曾經聽過安洛米恩的父親說過，周牧師說過的這句話：

「漁獵鬼頭刀魚不是上帝的《聖經》創造的故事，所以我不信我們的傳統信仰。」於是教會裡只有不會獵魚的三個成年男人，被部落的婦女比喻為先天性品質差的，被妻子引以為恥的那些男人，才會進教會，聽他說連他都不清楚的《聖經》裡的故事。

他看了藍海一會兒，許多點點的拼板木船在清晨的海上像是降落的彩雲在獵魚，沒有三步路的時間，他再把脖子扭轉觀看教會的黑色斜頂，這是他比較關心的事。他時而低頭，時而仰望，花了超過十幾步路的時間思索。牧師娘穿著台灣教友在冬季寄來蘭嶼的救濟衣，她優先特別選的，質料好的洋裝跟在其後，她也在牧師身邊停住腳步，周牧師久久之後跟她說：

「Yamalahet o masi rem ya, ala apiyapiya pa o muogaraw a wawa.」

（黑色看起來不美，或許海洋的顏色比較好。）

「Nakem mu sawunam.」

（隨你意吧！）牧師娘淡淡地回道。

周牧師不喜悅與不悲傷，淡淡地看了一眼矮他一個頭顱的夫人，她接著又道：

「你這句話已經問我了十年。」言下之意是，他們都沒有收到足夠的，教友的ㄍㄧㄥ ㄍㄧˋㄥ[1]。周牧師不喜悅與不悲傷，淡淡地再次看了一眼他的夫人，說道：

「Jyanuyong riya.」

（妳說的很正確。）

鵝卵石砌成的教會有兩個正門，中間的水泥是磨光滑好的柱子，這柱子把大門分成兩個，方便教友們的進出，大門也面對著藍色大海，正門前還有一個約是兩個地瓜田大的草地，說是教友在聖誕節、感恩禮拜、聯絡感情的時候，舉辦遊戲和交流的地方。斜頂柱子頂端立著一公尺長的、二十公分寬的中柱，以及六十公分長的橫桿，也

1 ㄍㄧㄥ ㄍㄧˋㄥ，達悟語，就是教友自發性的捐款，牧師的基本薪資。島上的教友九成是務農獵魚為生，沒有經濟來源，以柴薪炊煮地瓜、芋頭、魚類。教友們並非ㄍㄧㄥ，吝嗇，馬克思的說法是赤貧。

是水泥做的。台灣來的牧師告訴達悟人說，那是上帝的十字架。當時部落裡的眾多耆老才恍然大悟，才知道西方白人[2]也有上帝，以為只有達悟人才有「上帝」[3]。但是早在日本殖民蘭嶼時，日語是Joujika，就是華語的十字架。其實，周牧師的父親就是當時日本東京帝國大學民俗學系學生馬淵東一的學生，所以嚴格說起來，周牧師還沒有去台灣F縣念神學院之前，在他初始的記憶Joujika早於華語的十字架，換句話說，Joujika是達悟民族集體性的，腦海裡先占有的記號[4]。當然一九四三年出生的周布良牧師的記憶，Joujika也是先占有他的記憶的符碼。他枯站思索了好幾步路的時候，牧師娘又問道：

「I kongo mu naknakme?」

（你又再思考什麼？）

「Yaku naknakmen am, bedbeddan taso mabazangban nga zambu u Jougika,ipaka cita da sya nira nu manawaz a Ta-u. Akmei nuzay da nu mangyid.」

（我想用紅色霓虹燈纏繞十字架，讓夜間在海上捕飛魚的族人可以看清楚我們的教會的Joujika，作為漁夫們回航時的安心座標。）

「Nakem mu sawunam.」

（隨你意吧！）牧師娘淡淡地回道。周牧師轉頭，雙眼輕輕地瞄了矮他二十公分的牧師娘，說道：

「Nakem mu sawunam. Ikongo ayaying nga na nu cireng mu ang.」

（隨你意吧！妳言下之意是什麼呢？）

「Xi yama ta do tu.」

（就是上帝的旨意啊！）

他搖一搖他的頭，這是他從小就有的習慣，樣子好像在搖一搖腦漿，讓自己腦袋有感受的感覺，牧師娘接著說生澀的華語：

「搖出上帝的道理了嗎？」周牧師再次地左右搖晃他的腦袋殼，說：

「嗯！」

---

2 請參閱Nial Ferguson，*Civilazation: The West and the Rest*，黃煜文譯，台北：聯經，二〇一二。

3 達悟民族的傳統信仰稱天神為xi yakay ta dotu，直譯為華語是「天上的祖父」，是達悟人最高的神，第二層是xi Omima，造萬物之神，以及xi Manama，性愛之神，創造人類，第三層是Ta-u do langarahen，「天空諸神」如pina lagnalangaw，眷顧嬰兒之神，也是掌控人類壽命長短之神，人去世後的鬼魂之神。

4 先占有的記號，達悟語是mangagaz，這個解釋是指，一塊荒地現種植果樹、檳榔等等的，那塊地就是他最先占有的，達悟人普遍的概念是指，一棵造船或建屋的樹木，如我們手肱部粗的時候，先以「自己的記號」刻上樹皮，那棵樹就是你的，三四十年後長為成樹，他者看見「先占有的記號」就不可盜採。在此，筆者要說明的是，日語的Joujika語彙早於十字架鑲嵌於達悟人的記憶，普遍說Joujika。

張正雄老師與他的夫人服務教會環境空間已經過了十年餘月，在每個星期天，在每個基督宗教的大節日，他們都不曾缺席過。說自己從蘭嶼國中畢業保送到台灣T縣就讀師範學院是因為十年前悟到，他的職業可以不需要上山勞動，不需要造船捕飛魚就可以過安定的生活是上帝的眷顧，因而自願當教會的志工。

張老師夫婦也因此沒有缺錢花用的煩惱，沒有肚皮飢餓的糾纏，讓他們的外表彰顯的情緒大多處在晴空萬里的好天氣，他的學生安洛米恩說是小資產階級，伊拉岱部落的人除去羨慕之眼外，也都認為他們夫妻倆的家庭是幸福美滿的。

然而，夫妻倆在安洛米恩的心裡，在達卡安的眼裡是熟悉的人物，是他們念小學時的老師，就如周布良牧師夫妻一樣，是部落裡因外邦人的關係的環境產物，是新興的，依靠嘴巴說話的領薪階級。他們的說法，說，若是從海洋流動的感覺，潛水獵魚的智慧來論，一致認為他們並非是屬於優質而善良的正常人。在達卡安，他那信奉天主教的母親的看法，也說他們是屬於智慧很短的，用她的比喻來說，「就是釣魚的智慧魚線很短，在學校之外的野性聰明不及一般人，屬於品質差的正常人，只因上帝可憐他們，給他們說話的嗜好就有錢的職業。」反正島嶼各部落的閒言閒語就像波浪的波峰與波谷，事件的好與壞，人類的善與惡，宇宙的黑與白，家教的優與劣，人的生與死等如沙子般多的爭辯是沒有盡頭的海平線，說來話去都暴露了自己的知識貧窮，以及說不出口的忌妒。這些話，在他們的耳朵聽太多了，他們回覆說：不信上帝就繼續飢餓，繼續貧窮；不好好念書，就繼續知識貧窮。他們微弱的反駁。

「牧師、牧師娘星期天早上好。」張正雄老師夫婦站在正門邊說華語。

「張正雄老師夫婦，你們平安。」周牧師也說華語回道。接著又說：

「張主任，今天的《聖經》的福音道理非常有意義，希望你們認真聽道。」

「牧師說的話，一筆一畫都沒有錯，昨晚我們也閱讀了今天的經文。」

「真是漂亮的教友。」周布良牧師微笑很大的回道。

「O wari chong xi Ngalumirem, ka mayi do Kyo-Kai?」

（表弟好，安洛米恩，你要進教會嗎？）張主任微笑很大的問道。

「Yabo mu sinsi.」

（我沒有要進教會，老師。）

「安洛米恩是你的學生嗎？張主任。」周牧師微笑地問。

「他是我第一年回祖島教書的第一批學生。」

「你怎麼沒有教好他呢！」

「他天性很野，又浪漫，不喜歡學校的教室。」

「他真的是很野。」周牧師收縮微笑地說。

「Tana mayi ka do Kyo-kai am, toka kongo.」

（即使你進教會，你不會損失任何東西。）張主任繼續地問。

「Jyanuyong o cireng nu sinsi muya.」

（你的老師的話，是正確的道理。）周牧師收縮微笑地說。

「我捕了一個晚上的飛魚，在灘頭，我從刮飛魚鱗開始，背飛魚到家裡殺飛魚，殺好到抹鹽巴，到晾曬飛魚，到柴薪炊火煮我的早餐，都是我一個人，我還沒有睡覺，我很累，我是來教會的涼台納涼睡覺，不是要進教會聽你們胡言亂語的。

「你們是男人嗎？不去海上捕飛魚，飛魚是我們達悟人的天神恩賜給我們的，也是我們從海洋獲得的禮物，讓我們民族透過歲時祭儀的海洋儀式的生活秩序，知道嗎？

「教會、國民黨都是我們島上移植的外來的產物，你們知道嗎？」

安洛米恩說完，上身赤裸的就倒頭躺在涼台的木板上，這番話聽在他們耳裡很不舒服，似乎從海洋漁獵的角度訓斥他們，安洛米恩眼裡的，島上第一代之知識分子。

說完也恰好是他們進教會的時間了。

走六公里的路，約是一個多小時後，部落裡的婦孺零星地走出教會，還有幾位不會抓魚的男人陸續跟牧師說：

「Yapiya mu Buk-xi yamu ni ununungan si cyaraw ya.」

（牧師，今天說的經文裡的故事很好。）

「哈利路亞。」

「哈利路亞。」

散會之後，張老師關起教會的大門，周牧師邀他們夫婦倆到家裡泡茶閒聊，牧師娘準備好的時候，周牧師也把茶几放妥在桌上，其熟練動作，看在張老師眼裡算是懂得喝茶的人家，說道：

「嗯，看來你的茶藝挺上道的。」

「不瞞張老師夫婦，我出差募款的時候，跟台南那兒的教友、牧師學習來的。島上的人喝酒，我們喝茶，哈哈哈……」周牧師露出患有牙周病的牙齦說道。閒談的時候，他追憶道：

「哈利路亞。一年多以前，我發現我們的教友安洛米恩的母親已經好幾個星期天沒有來教會做禮拜的時候，我就去他家探望他的母親。我喊叫她的名字花了很久很久，都沒有回音，我就覺得怪怪的，一個月之後，我再去探望，結果她家的門繼續深鎖。哈利路亞。」

「那個阿姨非常疼愛安洛米恩，可是安洛米恩一直留在台灣，耶穌會愛她的靈魂的，哈利路亞。」張老師接話的說。

「哈利路亞，來，喝茶喝茶。」周牧師說道。接著張老師回憶：

「其實，我只大安洛米恩五歲，他的二哥是我的同學，對數學非常有興趣，後來我們畢業，他去學水電維修工，學徒期間，他做得很好，但患有妄想症，常有幻覺，說些我聽不懂的，他自創的星星理論，後來被高壓電電死了。很遺憾，哈利路亞。」

「你說到他們家人，我也有與他們大哥、父母親的故事。」「牧師你說說看。」周布良飲了一口茶，張老師接著為周牧師倒一杯茶水。事情是這樣的，周布良追憶道，他看了掛在牆上的時鐘，上午十一點。

「我跟他們是親戚。一九八五年飛魚汛期結束之後的那一年的十一月，我那位阿姨來我家，說，請我帶他們去台灣T縣的P市，我們有『很髒』的事情，需要你協助，我理解『很髒』的意思。」

「她說Maluyit『很髒』嗎？」

「是的，Maluyit。」

張老師理解了「很髒」達悟語隱喻的另一層次的意義。周布良牧師繼續說道，牧師娘、張師母似是優雅的，皮笑肉不笑的邊聽邊喝茶。

「我帶他們夫妻倆到了台灣T縣的P市之後，我們部落的族人在P市裡的許多工廠當作業員，建築工地做工的人，他們都聚集在省立隸屬醫院。後來我才知道，我那大表弟將格，安洛米恩的大哥，他是從公寓四樓學習飛魚展翅的衝向地面來，他幻想他所在的地方以為是海洋，說：『我是航海家族的男人，滾蛋核能廢料。』將格是他們的長子，長得很清秀，卻時常批判台灣政府把核能廢料丟棄到我們的祖島——蘭嶼，讓他悲憤無比，他就常常幻想自己是陸地上會飛翔的飛魚，如此自我毀滅的。我是從經常與將格聯絡的，我們的族人那聽到的。」

「聽說將格患有精神病，自我調適不良，說我們當下的達悟人都是孬種，沒有知識分子，沒有膽識帶領族人去抗議，去對抗國家的霸道、原子能委員會泯滅我們權益的勇氣。其實我聽到這些話的時候，我自己也感到羞愧，我當老師在這一方面的無能與無奈。」張主任說道。

「是的，將格患有精神病，安洛米恩想來也是。後來我幫他們處理將格自殺的後事，我們為他的亡魂祝禱，他沒有變遊魂，因為我有祝福他，有上帝的恩澤降臨，之後，就火化了他。我阿姨、叔叔雖然無法接受火化的葬禮儀式，可是他們的貧窮，只能做這樣的打算，無法將愛子的大體從台灣運回我們的祖島，這是我們進入現代化之後，我們這個世代的族人，去台灣謀生，選擇死亡的地方已經移動了，已經遠離靠近海邊，濤聲催眠的傳統墓場了。在我為將格做祝禱送行、出殯儀式的時候，我阿姨的雙手貼在她兒子的臉頰，似泉湧的淚水滴滿了將格胸膛的襤褸襯衫，捨不得、捨不得……。話說回來，如今我找阿姨，其實已花了兩個多月的時間，迄今還找不到她的人影。其實，當時的情境，孩子客死異鄉是再悽慘不過的，牧師我不想陳述深入。因此，安洛米恩今天對我們所說的話，我不在意，願上帝赦免他的罪過，然而，他不知道我曾經用上帝的慈悲關懷他家人，而我也如你一樣，懷疑安洛米恩也患有精神病。哈利路亞。」來吧！我們一起來祈禱，手牽手的，周牧師請求。

「我與牧師娘，今天非常的喜悅，我們親愛的、心地善良的張正雄老師、師母來到我們家，主啊！我們來到祢的面前，我們是祢的僕人，這個家是祢給的，上帝，上帝，我們虔誠地祈求，祈求祢打開我們族人的心靈，他們還不認識祢創造宇宙的恩澤，創造宇宙的光明，我們的族人到現在，還繼續地信奉飛魚神，繼續地使用公雞、公豬的血祭拜飛魚神的到來，他們的無知，求祢祈求祢赦免他們的罪過，降福他們，用祢的寶血遮蔽魔鬼入侵他們的心靈。我們的上帝，也求祢赦免安洛米恩的罪，他是精神病人，祈求祢把他心中的魔鬼趕走趕走。我懇求祢，我們至高無上的上帝，求祢求祢降下祢的福恩給我們最虔誠的教友，奉獻最多的張老師夫婦，祝福他們的前途很多的光明，我們這樣的祈禱，是奉祢的聖名，阿門。哈利路亞，哈利路亞。」

周牧師張開了眼睛，喜悅地露出了患有牙周病的牙齒。在他們正在祈禱的同時，海面吹來了厚厚的烏雲，彼時釣鬼頭刀魚的船隊早已返航。瞬間劈叭劈叭的如鉛筆粗大的雨絲降落在周牧師家的鐵皮屋，響徹雲霄。

「彷彿有人拿石子丟牧師家屋頂的感覺，哈利路亞。」張主任說。

「那是西南氣旋轉向東北風，氣候轉換的徵兆，張老師，請記住，這是島嶼海象，風向的變換，哈利路亞。」

「原來如此，哦，哈利路亞。」張主任很訝異地說。

「這是在地知識，張主任不知道嗎？哈利路亞。」

「原來如此，哦，我在大學的時候，我沒有學習到的知識，哈利路亞。」

「學校老師念日光燈下的知識，而且又不會游泳，你們不可能理解野性海洋的情緒的，哈利路亞。」

「原來如此，牧師說的非常正確，哈利路亞。」張主任很訝異地說。

「其實，我們從小上學都是念漢人的陸地知識，沒有其他原住民族的通識教材，哈利路亞。所以我才去F縣念神學院，沒去念神學院之前，我跟我的叔叔也是天天去釣鬼頭刀魚，在我們傳統的鬼頭刀魚月的月分，就是台灣人的四月分，因此我們族人的野性海洋知識，我很豐富，我也會造船。後來當牧師之後，我們每年的飛魚招魚祭典，以牲禮的血來祭拜，呼喊飛魚神帶領飛魚來到我們的島嶼，《聖經》裡的經文說，那些都是魔鬼的風俗，還有白人牧師也如此說，我於是就拒絕到海邊灘頭做招魚的儀式了，直到現在。哈利路亞。」

「野性海洋知識」究竟是什麼？張老師拿了筆記簿寫了下來，他很理解自己不太會游泳，也不會做自製魚槍潛水射魚，或是岸邊垂釣，不會拿斧頭上山伐木造船，更不會在夜間如沒有去台灣念大學的那些男人划船出海捕飛魚，這些知識，傳統生活的實踐，或者說是島民的生活基本條件，自己都不會，去台灣念大學把這些他父親都會的，或者也說是他父親使用拼板木船養他長大的獵魚能力都忽略，在回來教書以後，身體髮膚失去了在野性環境求生的鬥志，腦袋只剩漢字課本的知識教材，於是牧師說的「野性海洋知識」是什麼意義，他是十分困惑的，也很迷思。

「『野性海洋知識』是什麼意思？」他請問牧師。

「『野性海洋知識』簡單的說，就是我們民族的海洋變換，天候風向，雲層顏色，月亮圓缺的，我們民族夜曆[5]等等的，我們民族固有的島嶼知識的意思。」

張老師啞口無言，露出吃米粒的牙齒，很驚訝地再問道：

「有這種知識哦，我第一次聽到。」

「所以，你要主動地跟人聊天，也要學習抓魚，『野性海洋知識』就會進到你的腦袋，哈利路亞，願上帝開導你充滿漢人知識的腦袋，因為那些知識不會帶魚給你們家人吃。除非，你承認自己是安洛米恩眼裡的那種不會抓魚的低等男人。當然，我知道你們要吃魚的時候，就偷偷地跟人家買，哈利路亞，請學習抓魚。」

這些話刺進他耳膜雖然很疼很疼，但他想一想也是事實，他回想，他自己常常跟安洛米恩——他的學生買魚是可憐他沒有零用錢，回想安洛米恩看他的眼神，還真有瞧不起他的那種感受。

一陣大雨來得快，消失得也迅速，天空的雲也迅速地被風帶到沒有盡頭的遠方，就像是安洛米恩日日天馬行空的，不著邊際的想像一樣，最終都是夢幻的感覺，張老師夫婦在雨停了之後，走出牧師家。他們的面容並不因為與牧師喝茶，聽牧師的禱告而充滿喜悅，相對的，張老師反而憂愁了起來。

---

5 達悟民族的夜曆是依據月亮圓缺給予每一夜的名字，如閩粵的農民曆初一、初二……相似，一般人稱的日曆，以太陽為中心。達悟人認為月亮圓缺，如潮汐的變換，給萬物生態孳息循環的功能。

他在思考，自己從國中畢業第一名，就直接保送到T縣念政府培育原住民學生當老師的學校。他為了功課，為了當老師，他很刻意地訓練自己做個符合漢人老師的形象，從小學到國中，期間領取模範生獎狀幾乎都是他自己，即使他當了老師之後，學弟妹們被選舉為模範生的準繩也都依他當時的乖乖牌的，順從老師指令的規範，到了現在，如此之準繩卻讓他在自己的島嶼的野性環境無法被接納。此刻，他感悟到整體的漢人教育制度在原住民族的聚落是教育原住民族的小孩遠離大海，拋棄在野性環境的求生本能，加上他的基督信仰否定在地傳統信仰的教義，疏離了就在身邊的父母親的傳統教育、隔壁家舅舅的造船技藝等等的。返鄉十多年了，連殺飛魚，殺珊瑚礁魚的，當男人基本解魚的功夫他自己都不會。他一面走回家，一面看看自己比妻子細嫩的手掌，問自己，回鄉教書十多年的意義在哪？

安洛米恩，他回鄉教書的第一屆的學生，赤裸著上身還躺在涼台上，一陣大雨似乎沒有影響他的睡眠。想著自己除了還不會抓魚的窘境外，為了可憐他的貧窮而偷偷地跟他買魚的時候，安洛米恩的眼裡不是錢的重量，而是他被他的眼神瞧不起的重量。我怎麼啦？他再次問自己。

路經舅舅家，他舅舅正在解魚，看見舅舅釣了三尾鬼頭刀魚，這個傳統習俗的過程，他一無所知，甭說造船、釣飛魚、釣鬼頭刀魚的知識與技能。我怎麼啦？內心的困惑浮上心坎，開始反思。他舅舅長年被太陽燻黑的身體，被海浪淬鍊上身的肌肉線條，如波浪般的面容皺紋，問自己說，這是否是「野性的身影」呢？舅舅深凹的雙眼忽然飄向正抱著《聖經》的他們夫妻倆，一步路的時間，說：

「Si mapulid o araw am, mayi kamu manuyoutuyuon am.」

（太陽快要下海的時候，來我家吃年度祝福自己的初獲魚[6]。）

「Apiya a, jima kaniyaw.」

（可以嗎？那不是禁忌嗎？）

「Yakamu kaduwan nan.」

（你們不是外人。）

張老師看了他的夫人，夫人點點頭，說：

「Nuwun, maran kong.」

（好的，舅舅。）

對他們夫妻倆而言，舅舅邀請他們吃年度祝福自己的初獲魚很令他們驚訝，他的

6 年度初獲魚，達悟語稱manuyoutuyun，意義是，達悟民族每年捕獲到的第一尾飛魚要為自己、家人祈福祝禱，在海上獵魚平安，陸地農事順利，家庭幸福美滿……。

父親在生前雖然會造船，會抓飛魚，可是他的父親不會釣飛魚，不會綁活的飛魚當活餌釣鬼頭刀魚，他自己理解他靈魂先前的肉體不屬於一等一的海人，同時也不會潛水抓魚，也許自己繼承了父親這一方面的低度能力吧，他想。

教師證，領薪階級不是島嶼民族的初民產物，老師領國家給的薪水，一般獵魚的島民領的是身體實踐在海上獵魚的，海洋給的禮物，這是被現代化切割的生活模式，雖然他們是隔壁鄰居，然而生活作息是漢式的與達悟式的，質感的潮差非常大。基督宗教的《聖經》給了我什麼呢？創世紀、約書亞記、路德記、撒母耳記、以賽亞書等等的，與我民族的記憶有關嗎？中國歷史、漢民族英雄會教我獵魚、造船嗎？他邊看美國NBA職籃的電視轉播，等待被叫喚吃鮮魚，也一邊憂慮地思索這些關於自己的問題。

「模範生」是同學眼中的乖孩子，是老師眼裡百依百順的好學生，從國小一年級到國中三年級，幾乎都是他領這個獎，這說明了他自己十分適應學校制度，或者說是華人社會之規範。他二十幾位的國中同學，也只有他的成績符合被保送到台灣念大學的條件，當然也只有他不會抓魚、捕飛魚、造船，原來達悟男人先天就會做的工作，於是質疑自己逆向反思的貧乏是十分自然的，缺法批判性。當牧師，或者學校裡的漢人同事說起某個事件的時候，譬如說是「核能廢料」貯存在蘭嶼島這件事，學校同事說：

「這是台灣政府照顧我們偏遠地區，關懷蘭嶼的德政，可以增加島嶼的地方公共建設等等設施，與創造更多的就業機會。」

對於如此的話語，張老師幾乎沒有反駁的常識以及知識的實力，他更擔心學校人事主任說他不忠黨愛國，讓他膽怯。主流社會蔑視原住民文化祭儀的時候，他也幾乎沒有逆向省思的想像，同時也認為「核能廢料」貯存在蘭嶼島這件事是政府德政的展現。又如，周牧師跟他說過：「這是我們島嶼民族的恥辱，應該起義反抗等等的。」他也認為應該反對。但當他聽在耳裡之後，沒有進一層次的具體的行為，隔天再上課教書時，彷彿沒有那回事似的。這是否是在國立大學，政府養成原住民族教師的政策是百依政府霸凌偏鄉而百順，而不敢反擊呢？

他知道學校裡的人事主任是監控學校教師日常言語行為的人，有時候這個T縣縣政府派來的行政人員對他語言霸凌，他也幾乎全盤聽之，姿態如是被圈養的，乖馴的土狗。若是從安洛米恩的理解視角來說是，「沒有膽囊戰鬥波浪的弱男子，沒有民族自覺的薪水階級」。

他坐在很現代化的，他家的客廳繼續觀賞NBA球賽，開始思索回祖島教書後的多年歲月。隔壁家的舅舅是個十分恪守傳統儀式活動的長輩，傳統節慶若是民族的宗教信仰、生活哲學的話，此時的他，認為就是民族的基本價值觀，但他這一方面的實踐能力幾乎是零。即便他舅舅上山伐木在造船的時候，他自己對這樣的傳統技能，在海上獵魚的生存工具也幾乎沒有一絲絲的興趣。如今，我這個「模範生」的頭銜換來的成果代價卻是對自身文化的漠視與無知，以及失去了在野性環境求生的鬥志，他看看自己細嫩的手掌，想著學校裡的教學等的事物，無非是阻礙他認識自身的民族文化，或實踐、參與民族儀式祭典的障礙實體。原來「模範生」的形象弱化了他的野性基因，墨守移植來的黨政規範，還有那汙名化在地傳統信仰的基督宗教，他這麼認為了。

原來，當他每次跟安洛米恩買魚的時候，他的眼神是藐視他，雖然他是他的老師，也說他是島上的小資產階級，即使他是大學畢業，學校老師，憑良心說，他自己根本就不知道，小資產階級是什麼意思？但他的學生，一個文盲，十七歲才從小學畢業，一個神經病人安洛米恩卻勝過他的一般常識，也會捕飛魚、種地瓜過生活。自己呢？「模範生」此刻想來，反倒是一種恥辱，是被擒服的野豬，而非榮譽。

舅舅邀請吃年度初獲魚。

每年他的舅舅都如此的邀請他夫婦倆，然而許多次的過去的時間，他們總是以學校事務忙碌，教會活動多敷衍他的舅舅，舅舅也不強求，藉機會教育他們。

張老師可能悟到，在他親身耳聞，聽到安洛米恩在失去雙親之後的今天，他一個人去捕飛魚，處理捕回來的飛魚的許多勞累的工作，感受到安洛米恩很認真地過活人的生活，反觀他有薪水以來，就沒有觸摸過海浪，安逸地依賴薪水過漢人的生活節奏。此刻他卻發覺自己教書的十多年以來，彷彿他身邊的族人，眼前的民俗活動是看不到的風，捕捉不到的雲朵。他記起，他父親生前跟他說的遺訓，說：

「你是獨子，所有水芋田祖產都是你的，你是吃芋頭、地瓜長大的，而不是米飯，盼望你繼續種植芋頭，去體驗感受跟土壤打架的美感，吃陸地芋頭與海洋飛魚是陸地與海洋結盟的食物，那是我們祖島的靈魂食物，而非米飯、醬油精鹽。」這些傳統的工作都被他在學校的事物阻礙了，久了之後，很自然的，他的雙手離棄了與土地勞動的親密連結，也疏遠了與海洋直接相接的傳統漁撈的人際關係裡的分享習俗。

「Jyana kamna xi nana niyabu.」

（來吃吧，你和孫子們的母親[7]。）舅舅說道。

---

7 達悟人跟晚輩說話的時候，晚輩的孩子們也稱是自己的孫子，除了是血緣關係外，也是親屬關係綿密的表現，而不說，你與你的太太，達悟人必須連帶晚輩們的靈魂一同來吃的意思，這是島嶼民族的親屬概念。

舅舅把熱騰騰的飛魚放在吃飛魚專用的木盤[8]，把鬼頭刀魚也放在專用的木盤，看在張老師夫婦眼裡彷彿放射出古老的生活秩序，食物分類的智慧。父親做的木盤還在家裡，他們卻把木盤收藏起來，當作是骨董。家裡偶爾有友人送來飛魚的時候，夫婦倆以現代的瓷盤放飛魚，用筷子夾飛魚肉，配米飯吃，換句話說，關於飛魚汛期期間，民族食用飛魚的傳統木盤，用手抓地瓜吃，用手抓魚肉吃他們都視為不潔。

飛魚是老弱婦孺皆可食的魚類，鬼頭刀魚只有男性可以吃。夫婦倆還知道這個是民族在飛魚汛期期間食用不同魚類木盤的分類知識。被柴煙燻黑的木盤遺留著前人的飲食文明，前人的真情，以及魚類分類的常識與禁忌。舅舅跟他們淺述，很認真地說道：

「你們已經是為人父母的成熟人家，應該有為人父母的傳統責任。你雖然是學校老師，薪水就如泉水一樣不會枯竭，可是我們民族的觀念都認定，老師只是有薪水，只教漢人的常識給我們自己的小孩，只是如此而已，你的薪水並非是你的漁獲量可以跟親朋好友分享。薪水讓你學到了自私，學到了理財，我們民族傳統重視分享，十多年來你沒有做過跟他人『分享』的儀式，換言之，你們是很自私自利的家庭，所以你們在部落裡不受歡迎。孩子們，學習『分享』，學習參與傳統的漁撈漁事，你是知識分子，必須判斷民族的、漢人的，彼此間的差異，而非一致認定我們初始的文明是落伍的的。你們看來是十分虔誠的基督教教友，你們的行為舉止卻也表現高人一等的假象。孫子們的父母親如你們，脫掉皮鞋、高跟鞋吧，赤腳的去開墾屬於你們的水芋田，你們將會感受到與土壤勞動接觸的那份生活美感，還有芋頭收成後的踏實與充實，多餘的、吃不完的芋頭就是分享給親友們的禮物，傳統的因勞動成果的彼此分享，你們臉上的笑容將是真實的，你們拿錢買飛魚，在舅舅眼裡，你是殘障的男人，讓人瞧不起的家庭，你應該走出教室的教學空間，走向野性海洋的波動，親自在海上划船捕飛魚，你會感受到那種美感，從我們祖先流傳的生活儀式，是敬重海洋給我們食物的環境信仰，而不是從教會出來後，說，哈利路亞，飛魚就飛到你家門口，讓人無法感受到你們真誠的語氣，讓那個神經病的安洛米恩說你是個殘障男人，這個話聽在舅舅耳朵裡，非常非常的疼痛。再說，海洋就在我們身邊，海裡的魚類就在你的腳下，海浪絕對不會螫人，是你拒絕了海洋的包容容器，學習跟我使用拼板木船捕飛魚，你是男人，別再讓你的學生，那個神經病的人，安洛米恩瞧不起你。」

夫婦倆開始用手指吃飛魚，吃地瓜，同時他腦袋想著自己因不去捕飛魚而被安洛

8 達悟民族分類飛魚木盤，女性吃魚之魚盤，男性吃魚的魚盤，以及吃肉的木盤。分類是達悟民族非常講究的知識體系，這是達悟人與環境生態時鐘建構的秩序，達悟人的倫理。

米恩瞧不起，被自己學生說是「殘障男人」。

「海洋就在我們身邊，海裡的魚類就在你的腳下，海浪絕對不會螫人，是你拒絕了海洋的包容容器。」他也想在心裡，他開始思考。

不會抓魚的男人是「殘障男人」，百依百順，在班上是第一名，學校裡的「模範生」到頭來回祖島之後卻不會抓魚的男人是「殘障男人」。「殘障男人」，他邊用手指吃飛魚，用嘴喝鮮魚湯，想著這句話，腦海卻也浮現安洛米恩蔑視他的眼神。

「Ikongo o cireng ku a ivavaga jinyou an, ya rana meingen o ciciluwan ku, a makamireng su, dayidamuwad jinyou, manga naku, yaku tu milavilavi su ounouned a maka mireng su dayi tamwad jinyou a, akmei nimasbang a Ta-u a mapalikud su minei masawud nu ineinapu, akman jinyou manga naku.naknakem o vazai nu makaveivou a Ta-u an.」

（我是你們的舅舅，我的心臟很痛，當我聽到部落的人，說你們是殘障家庭，一個不抓魚的，身體健全的男人，像是沒有長輩指導的家族，我的心在淌血。因為你們根本就不尊重我們固有的價值觀。不要想你們是過老師薪水生活的人，金錢的價值無法勝過靠自己抓魚過生活的價值，你們已是為人父母的家庭，一個成熟的男人，海洋是達悟男人的教室，划船捕飛魚不會妨礙你當老師的工作。）

「學校裡的教室」是教導達悟孩子認識漢字的教室，教育孩子如何認識漢人社會，明確的說，就是教育自己的族人成為漢人的教室。此刻的他，選擇學校裡的模範生的準繩，依然是以品學兼優，百依百順的乖孩子，沒有改變過的規則。自己也是當時的乖學生，昔日好似風光，今日在舅舅、部落人眼裡卻是近似斷手斷腳的殘障者，他的心情開始錯亂於民族傳統的潛規則，也在開始反思。

　　他回想二十幾年以前，他與安洛米恩的二哥沙洛卡斯在小學畢業的那一年暑假，湛藍而風浪平靜的汪洋大海是海洋邀請孩童接近它的教科書，沙洛卡斯常常帶他去潛水挖干貝、抓章魚，認為自己的水性如同他的男同學們一樣地很好，這一點是所有達悟成長中的少年之共同記憶。然而，上了中學之後，面對的是一個殖民母國營造的未來氣象，也就是說，殖民者的來到說明了被殖民的孩童有了另一個的選擇的面向。也許他從小學起就是品學兼優的模範生吧，他也理解自己說華語比說達悟語來得容易，他便專心於學校的課業，希望認真念書，取得符合政府培育原住民教師、國中畢業直升師院的資格。當然，在他國三期間，母親去世的那一年，周布良牧師央求他受洗，正式成為基督教徒的時候，周牧師不時地在他少年徬徨於漢族與自己民族價值觀模糊的時候，西方的上帝，基督宗教的教義適時地安慰了他心智尚未成熟的心魂，以及民族傳統節慶常以牲禮為供品，被周牧師說成是魔鬼的信仰，落後的象徵，而搖動他原來熱愛潛水的本性。然而，疏離海洋的波動放眼就飛逝了十多幾年，此刻卻落得被同學的弟弟，他的學生說是「殘障男人」，這個汙名還真讓他的人格折損很大，顏面盡失，心語被揭穿。

看著舅舅懸吊在屋院的六片解魚後的鬼頭刀魚魚身，還有象徵敬重海洋的招飛魚銀帽，舅舅的傳統衣飾，以及舅媽的串串瑪瑙皆隨著微風飄逸，釋放出沒有被現代化汙染的初始美感，散放出獵魚男人夾在海面熱浪與天空陽光交融下，似是島嶼平靜的沉著氣宇，寫在他舅舅被太陽燻黑的面容，這是他被涵化後沒有的氣質。在他身為美術老師的眼裡，舅舅家的庭院卻有幾分說不出的質樸美感，似是歌頌著神話故事的美好想像，這個真實的活畫面，在他念師範學院的時候，曾以此為背景，參加學校水彩繪畫的比賽，獲得佳作獎。這依然是活的文化，而非民族已逝去的傳統習俗，他想在心魂。

「Aro manga naku o vazai nu mehakai du rayon ya. yakana maka veivou rana.」（姪兒，你已是成熟的男人，記住，飛魚汛期男人屬於海洋，不屬於陸地。）舅舅凝視著他說。

「海洋上的教室」，學校放學後的夕陽美景，張老師帶著小兒子在馬路邊蹲坐，觀望進出於灘頭[9]的，他全部都認識的部落裡的男人。這些男人的年齡介於三十五歲至七十三歲，他四十來歲左右，算是勞動力的巔峰期。他雖然是純血統的達悟人，從小也都在灘頭與父親一起遵循傳統的招魚牲禮血祭儀式[10]，然而他的母親死後，接受周牧師受洗儀式，成了基督徒，從那時候起，他就不再踏進這個他最為熟悉的海洋教室了。前些日子，聽了舅舅的一番話，他開始反省，或說是覺醒吧，有了想出海的欲望念頭，但他已經十多年沒來灘頭遵循傳統的招魚牲禮血祭儀式，他就不可以出海參與獵魚，雖然這不是明文之規則，但按部落傳統的潛規則，他是不可以出海的。不出海，要等到明年，也就是繼續被他的學生安洛米恩消遣為「殘障者」，或是劣質的正常人，此刻他內心裡無法承受這個身分。老師只是學校教室裡的身分，野性的海洋教室不認同不認識他，或是說他是不認識海浪的男人。其次，他雖然想出海獵捕飛魚，可是潛規則就在他真實的眼前，就是不尊重民族的傳統律法，他若是出海，他將被指指點點，沒參與招魚儀式卻只想吃魚，這一道他不僅無法跨越過，他更不可能躍過的還有很多；諸如，他還不會划木船，更何況是夜間一個人划船獵捕飛魚，甚至是暈船，嘔吐。想著自己在台灣T縣念大學，學校沒有漢人老師可以教他划船，可以教

9 灘頭，一般說是海邊，然而灘頭不僅是部落木船進出海漁獵的地方（似是機動船的港口），同時也是達悟人舉行飛魚招魚儀式，祭拜祖靈的地方，這是海洋民族特質的具體表現。
10 行牲禮血祭儀式才可以出海獵捕飛魚。

他洋流變換時的知識，近岸潮水何時漲潮，何時退潮，他一無所知，學校也沒人教他觀察雲層變換時的氣象知識，許多許多的海洋科學知識，傳統海洋知識的知識，他這一方面的知識幾乎是零，更何況是經驗。懊悔寫在他臉上的表情。

此刻在馬路邊抱著兒子，部落裡有拼板船的，老中青的男人途經他身邊，他發現沒人願意跟他說話。他知道，此刻面對的是「野性海洋的教室」，非學校教室，他也理解學校老師是被漢人馴化的達悟男人，郵局裡的存款簿很多錢的達悟人，也是服務、傳授漢人價值觀的職業，他緊緊地抱著兒子，他在反思。我怎麼啦！他深深自責地問自己，也追憶著被保送到台灣T縣、P縣師院念書的族人約是十來位，他證實了這些跟他一樣是老師的族人沒有一位會建造傳統拼板船，也只有一位會划船捕飛魚，於是他證實了師院的漢人教育卻是讓他們疏離自身文化的知識體系的教育政策，他也證實了當他們回祖島教書的時候，他們教的學生沒有一位有能力可以考上台灣任何一所國立的、私立的大學。他不僅深度質疑自己沒有民族野性海洋的知識體系，也沒有建造拼板船，徒手潛水的能力，他們不僅是被馴化的原住民族的一群人，也是最沒有傳統文化認知的新階級群體。

他再追憶回祖島的這些年的歲月，是什麼因素弱化了他們這群師院畢業的老師們？學校業務嗎？放學後的喝酒聚餐嗎？台灣政府國民黨在祖島的監控系統嗎？抑或是師院一元化的教學制度？抑或是自身異化了自己呢？然而，為何他的學長，那位拒絕被保送台北國立師範大學的學長，依靠自己完成大學、研究所課業，他卻是徒手潛水的好手，造船高手，用自己建造的拼板船在白天釣鬼頭刀魚，夜間獵捕飛魚，他也在台灣念書，待在台灣的時間又比他們長，他為何可以很快地進入自身民族的傳統生活頻道呢？在午後，他常常獨自一人潛水，在夜間抓魚，在夜間捕飛魚，他做得到。反觀自己。夕陽下了海，金黃餘暉映射在灘頭上裸著上身的、夜間出海獵魚男人們暗黑的肉身。顯然問題核心在於自身的覺醒與生存意志變了調，他想。

　　金黃餘暉，粼光移動似是海洋不斷浮動的鱗片，也正在敘述著過去父祖輩們獵魚的永恆詩歌，求生的鬥志，繼承著與現代文明完全無干係的生活律則，一群野性男人繼續繼承航海家族詩歌的遺訓，敘述說，四個月的飛魚汛期，男人是屬於海洋；而他還在繼續擁抱妻子入眠。此刻，三十幾艘木船在灘頭靜待黑暗來臨的海人們在靜坐，或在竊竊私語，在他眼裡似是出征的姿態神情，放射出敬畏海洋的面容。金黃餘暉循著陽光下沉的自然速度漸漸轉為灰暗，這一片眼前的汪洋，自古以來在春季沒有改變過它律動的情緒節奏，他與兒子在暗灰色的這個時分像是被野性海洋、獵魚男人們遺棄的父子，他深深地感受到被遺棄的落寞感，露出他當老師將近二十年之後最無助的，也最自卑的神情，想著老師只不過是學校那個空間的身分而已，離開教書的學校空間，在部落裡沒有任何意義，他學來的知識只屬於小學生需求的程度。某種遺棄傳統儀式，民族信仰的慚愧感覺漸漸在他心坎浮升，他的身體髮膚拒絕海洋浪花清洗已經十多年了，在海上海裡的求生鬥志弱化到似是那些恐懼海洋的漢族老師的程度，某種程度也是知識分子被殖民的另類典範。

「Kaka kong.」

（表哥，你好。）安洛米恩背著魚網經過他身邊說。

安洛米恩，他的學生，一個不識漢字的文盲，但他卻是划船獵魚好手，一個人經常在海上放延繩線釣大魚，陸地上的文盲卻是海上的優質的獵人，知識分子卻是海上懦夫，海上殘障者。接著又說道；

「Mangahahap o mehakai do rayoun, jingyan do ili.」

（這個季節男人是在海上抓魚，不是在部落裡發呆看海。）這句話顯然衝著他說的。

他為何如此瞧不起我，曾經是他的老師？他漸漸憤怒了起來，甚至昇華成想揍安洛米恩的怒氣，就像在學校用教鞭鞭打安洛米恩一樣，「笨蛋，六年級了還不識字。」安洛米恩把漁網放進父親留給他的木船內，他再把船槳放下來，而後把船推向海上，他輕盈而結實的身子輕易地跳上木船，雙手立刻划著槳，木船像是匕首似的切浪前行，看來就是天生的漁夫，如出海的部落男子，消失在暗黑的海面，進行古老的漁獵儀式；而他繼續待在部落，天黑了回家批改小學生的學校作業，知識分子在部落裡的隱性優勢，在野性海洋上的顯性弱勢。

五月的島嶼海象天候非常地好，島上的族人在夜間獵捕飛魚的時候，他們從部落裡的雜貨店，或從台灣T縣的漁具行買了會一閃一閃的漁網燈，燈有的是綠色的、紅色的、乳白色、深藍色的。當伊拉岱、伊姆洛庫兩個部落的近岸游來很多飛魚群的時候，沿岸一公里餘的海面全是閃爍的明燈，表示有許多的船在獵捕飛魚，煞似都市裡的霓虹燈，許多部落裡的婦女群聚閒聊，出來觀望此美景。閃爍的明燈跟著船隻移動，船隻跟著海流漂移，張老師居住的部落婦女都理解那些不出海的男人的處境，先天性的恐海症，對於張老師的評語是，他有錢，不需要抓飛魚、吃地瓜。這句話他聽了很多年，他也知道自己被評論為不會獵魚的成年男子，對一個達悟男人來說，這是尊嚴被徹底的羞辱，這些年他都沒有去海邊做血祭招魚儀式，於是也都沒有出海獵捕飛魚，他不僅對白天的海浪陌生，也對夜間的海濤恐懼。每一天入夜之後的良景，他都坐在他家二樓上的屋頂觀賞海上獵魚的霓虹燈明，這一夜他再也無法承受安洛米恩說他是「海上殘障者」的汙名，他緊緊地握著拳頭，跟自己說：「出海、出海……」拒絕再當觀海的男人。

一星期過後的星期日教會禮拜結束後，他央求周布良牧師說；

「你可以帶我坐你的機動船出海捕飛魚嗎？」

「哈利路亞，感謝上帝，可以啊。」接著又說：

「你家庭院有做曬飛魚的zazawan[11]嗎？」

「沒有。」

「知會你的舅舅，抓來的飛魚在他家解魚，晾曬在他家，因為你家沒有zazawan。」

他的舅舅理解他被譽為「殘障男人」的痛苦比牙醫師拔他的牙齒還痛苦千萬分，他也跟他說了百遍，「出海捕飛魚」、「出海捕飛魚」、「海水不會咬人」、「海水不會咬人」，姪兒卻把他的話當作是風的影子，今夜他卻想出海。他沉默良久，思索著傳統的海洋倫理，後來的基督宗教，移植來的學校等等的複雜化了傳統線性的，達悟民族海洋儀式的倫理，他不想再對姪兒說教了，最後，他做出結論的說道：

「Jiku rana manulang su aruwa cireng a, mangap ka su sasafungan a ipangatai[12] ta.」

（現在不想跟你陳述許多海洋的儀式知識，去買公雞，用牠的血祈求天神原諒你中途觸犯禁忌。）

午後，夕陽下海之前，張老師跟周牧師報告說：

「我的舅舅說，ipangatai ta。」

「很好，ipangatai ta，出海之前，我在碼頭再為你跟上帝祈福。」

「海洋」、「飛魚」、解禁儀式等等的想在他心裡，讓他眉開眼笑。我終於要出海捕飛魚了，在他四十多歲的時候，才要發生他與海洋的初始戀情，安洛米恩卻是在二十歲那年划船獵鬼頭刀魚，這是時代的變化，也是多層次的解釋海洋儀式的軌跡，他如此告訴自己，也是合理化自己當老師疏離海洋儀式的藉口。

祈求天神原諒他，作解禁儀式的公雞拿給舅舅的時候，舅舅說道：

「還有誰跟你們坐船捕飛魚。」

「一位捕飛魚的老手，周牧師的妹夫。」

「Mipepzat ka du karakwan nu wawa.」

（希望你在海上謹言慎行。）

---

11 zazawan是井字型的曬飛魚的架子，橫條的木條曬飛魚，這個井字型架子是區別於不作招魚儀式的一般珊瑚礁魚，簡言之，達悟天神恩賜給達悟人的魚，如飛魚，以及飛魚汛期期間的掠食大魚，必須經過招魚儀式才可以獵捕，一般晾曬珊瑚礁魚，用一字型即可，這是達悟民族的魚類倫理，海洋信仰。

12 ipangatai，達悟人將違反禁忌、漁撈倫理秩序的時候，往往以公雞、小公乳豬的血向天神虔誠的贖罪。

「在海上謹言慎行，什麼意思？」

現代化的碼頭坐落在島嶼的西南邊，有了錢的戰後出生的島民因而買了快艇、膠筏，於是碼頭聚集了不同年齡層次的，不同部落出海捕魚的男人，許多的眼睛看著他，彷彿這個時候，老師應該待在家裡批改學生的作業似的眼神。張老師忽然跟牧師說道：

「好多男人出海呀！」

牧師的妹夫夏曼・永武昇接腔道：

「你是學校老師，你或許不在意我們民族捕飛魚的海洋儀式，但對於我們這些不是老師的人，現代化之後沒有職業的人而言，捕飛魚、釣鬼頭刀魚是我們繼承民族傳統知識、智慧的來源！飛魚汛期男人是屬於海洋的，在波動的海浪敘述獵魚的故事，直到不能再出海為止的身體，方休息。」

「上帝，祢是至高無上的神，你創造了海洋，創造了世界萬物，還有飛魚。今天是你的小羊，張老師生平第一次的出海日。祢是至高無上的神，祈求祢給我們在海上的安全，祈求祢安撫張老師的靈魂，把他害怕魔鬼的心趕出去，也給我們很多的魚，張老師首航的海洋禮物，我們這樣的祈禱是奉祢的名。阿門。」

「阿門。」張老師跟著說。

許多的機動船像是港口裡頑皮的小男孩，在夜色降臨之同時，紛紛離開港內駛出港嘴，好像是飛出蜂窩的蜜蜂出去尋找食物的景致。張老師的雙眼開始把海洋當作是他繪畫的畫布，開始用眼睛認真地觀賞海洋的律動。

「今夜的海況正是適合小船獵魚的波浪，你的靈魂很善良。」夏曼・永武昇小聲地跟張老師說道。

「今夜的海況正是適合小船獵魚的波浪，靈魂很善良。」這句話很新鮮，聽在他耳裡，他說不出的語彙。

船駛出了港嘴之後，灰暗的海面是波動的，讓船隻顛簸，這讓張老師渾身感覺不好，也不安，心裡想著，船隻萬一翻覆的話，他肯定自己是游不回陸地的，瞬間安洛米恩藐視他的神態，還有殘障男人即刻灌進腦海，發覺自己像是失敗論者，於是跟夏曼・永武昇請教說：

「Apiya ya?」

（今天的浪還好嗎？）

「Kapiyahen na nganganahen.」

（今天的浪正適合航海獵魚。）

牧師的快艇是簡易型的，是他的台灣一些牧師好友集資買給他捕飛魚用。小船沒有船艙，船長約是三・五公尺，寬約是一・二公尺，船外機機型是Yamaha，三十匹馬力的引擎。夏曼・永武昇、張老師坐在船的中央，駕船的周牧師則坐在船尾。船艄切浪奔馳的時候，飛濺的浪花往往濺濕他們。夏曼・永武昇有自己的木船，是部落裡使用活飛魚餌釣掠食大魚的高手，他大張老師只有八歲左右，牧師請他來同船獵捕飛魚就是希望他來海上教育在陸地上教書的張老師，教他傳統文化的海洋知識，以及安撫張老師在野性海上會恐懼的靈魂。周牧師認為這是必要的儀式，同時夏曼・永武昇是泛靈論者，認為西方基督宗教的祝禱儀式是移植來的，是歧視島嶼的在地海神的神格，而說達悟語的祝禱詞彙具有波浪般的旋律，比喻為島嶼眾海神的歌聲。同時，周布良牧師也十分的理解自己在海上的知識、獵魚的知識、觀察天候等等的知識都不是他在F縣神學院的加拿大來的白人牧師、T縣來的黃種人牧師教的。關於海洋的種種，《聖經》記載的知識不適用在野性的活海洋，神學院裡的牧師們也都不理解海洋的脾氣，當然就不會抓魚，牧師的職業就是說《聖經》裡的故事給教友而已。同時，周牧師自己也非常理解，《聖經》的內涵沒有教教徒抓魚的、造船的生存技能，只會說，上帝創造萬物而已，說耶穌顯神蹟的故事，他知道這些故事跟他民族一點關係都沒有，說難聽一點，他自己想當牧師的初衷，也絕對不是熱愛西方基督宗教的教義，而是為了小小的牧師薪水，更難聽的說，「禱告」其實是表演儀式，他的內心深處其實是多元宗教的信念。話說回來，這也是周牧師厭惡安洛米恩的原因，好像安洛米恩看穿了他的內心世界，曾跟他說過：

「你每天的禱告，上帝聽膩了，所以你不可能上天堂。」

於是身為牧師的他，近年來也開始質疑上帝是否真的存在的問題，至少在他做了二十幾年的牧師，上帝並沒有讓他自己比部落的族人優雅，或是更有智慧，他是理解，也了解自己的本質的自私比分享的重量重，他這個本質，《聖經》的教義並沒有改變他。再說，他也走過許多的國家，被邀請參與牧師聽道、講道的訓練，發現不同國籍、不同膚色的牧師之間的交流鮮少有真情真心的話語、甜美的笑容，還有白人牧師往往擺出高於其他人種的傲慢姿態，讓他很不舒服，發現自己身為少數民族也是屬於被基督宗教殖民的牧師，而被殖民的牧師運用殖民者的宗教教義來馴化、感化自己的民族，或者說，被訓練唾棄自己原初的傳統信仰，很是值得質疑的。當然剛當牧師的時候，他確實有這個心態，唾棄自己的民族信仰。然而，被部落的人喻為神經病患安洛米恩，他的表弟卻給他另類的啟示，也曾跟他說過：

「若真有天堂，為何沒有去過天堂的人類下凡人間，告誡人類不可發動殺戮的宗教戰爭呢？」

「若真有上帝，應該也有掌控海洋水世界的海帝！」

然而，宗教問題如何爭辯，白人牧師的結論很技巧性地拐個彎說，上帝理解人類的苦難，讓我們一起禱告。他深深地理解，他的表弟安洛米恩跟他抓魚，跟他上山伐木，砍伐造船樹材的時候，他們的相處是真情的，是人性的美感的；那些美感的感覺，周牧師無法從任何一位他認識的牧師感受到的，那是表示牧師鮮少有真情的流露，臉上貼了一層不同顏色的厚面具。他們雖然都是航海家族的族裔，海洋基因的相連，但他不得不承認安洛米恩所說的：

「白人牧師也是執行白人的宗教觀，他們是宗教殖民者，就像我們也是被核能廢料殖民一樣的真理。」這句話是他未曾逆向思索過的現實議題。

自己的現代性的角色就如張老師的教師身分一樣，拿他者的教義馴化自己的民族一樣，錯亂了自己民族原有的價值網絡、知識體系，他是感激安洛米恩給他另類的逆向思考的多視角面向。因此，才請張老師坐他的船捕飛魚，這是希望妹夫夏曼・永武昇從海洋獵魚的民族傳統教育張老師，給他多元教育的內容，這是有助於啟蒙在地孩童的多元想像。

「我想嘔吐。」張老師央求道。

周牧師帶著微笑地把船停止了螺旋引擎的轉動，讓張老師趴在船緣盡情豪放嘔吐，且說：

「嘔吐完，用海水漱口，並啜飲一口海水。」張老師漲紅的臉傻笑地看著他們。

「嘔吐是給海洋生物的有機禮物。」

「哇！好痛苦，好痛苦。」張老師用手背擦乾眼角溢出的眼水。

張老師嘔吐了好幾回，夏曼・永武昇強制他飲海水，並且說：

「你回到海上的年紀太晚了。在海上嘔吐比你在陸地上酒醉嘔吐來得有尊嚴。」

周牧師露出得意的微笑，上下浮動的波浪像是附和他的心意似的「陸地教室的老師，海上教室的幼稚園學生」。他再次啟動螺旋，船隻再次展示其切浪的本能，浪花飛濺的景致在逐時灰暗的海面勾升漁夫們獵捕飛魚的優雅鬥志，那是把海洋的禮物——飛魚，晾曬在家的庭院，傳遞著男人從海洋裡帶來禮物給家屋的靈魂，家屋裡的女人，還有孩子們的食物，讓鮮魚湯、鮮魚肉連結孩童們吃魚的牙齒，喝魚湯的舌頭伸展到大海的海平線，這條線夏曼・永武昇稱之海洋的儀式。太陽升起的東方，也是太陽落海的西邊，航海家族的傳說，必須繼續傳承。

「哇！舒服多了。」張老師咧嘴露出鮮少吃魚的牙齒。

波動的海面，在他這一生初次來到海上獵魚的首航，他的感觸像是在敘述民族面對全球化的多舛未來，他認為，機動船就是具體的把用雙手划的拼板船逼退到除役的角色，成為部落灘頭無言的藝術產品，觀光客照相留念的陪襯品，他很珍愛木船集體出海的美好景致，造船者的質樸。他雖然如此思索拼板船將來一定會消失的多舛命運，祖先統整性的智慧，戮力的實用與藝術兼備的，存在他心海身為美術老師的美學想像的木船，他喜愛木船的質感，可是他本身卻不會造船，不會划船，船隻將被除役，全球化宣判了傳統木船死刑的刑期，他只有承認造船文明，木船獵魚必會滅絕，但他卻無法力挽狂瀾。他坐在夏曼・永武昇身邊偷偷地摩擦自己還是很嫩的，鮮少做粗工的手掌，想著自己幾乎沒有造船的在地知識，沒有參與過部落裡的各季節的文化祭典，他只關心學校事務，只關心自己的家庭，此也是在宣示自己在傳統這方面的知識與實踐，宣判了自己的死刑。

船被引擎帶動一直行駛在沒有空間障礙的海上，昨日以前的他，是從陸地觀看海的變換情緒，此刻，他的神情像是幼稚園的學生，初次睜開雙眼，從海上觀看陸地上的燈明聚落，以及沒有燈明荒野，環繞島嶼面貌的山巒，其內心深處攪拌著如他畫板上的水彩原料，用眼睛彩繪他出生的島嶼，他的身子轉了三百六十度，腦袋紋路轉了七百二十度，好美啊！好美啊！說在內心。

「Jitu milingalingai ta, iyak da imu nu kanakan du wawa.」

（不可用好奇的眼睛看我們的島嶼形貌，那會招來海上許多小鬼，對你的好奇。）夏曼・永武昇在他耳邊小聲地說。

許多島嶼民族的禁忌文化，張老師虛心接受夏曼・永武昇十分細膩地詮釋，顛覆了他始終以漢人視角解釋自己民族事務的觀點。海面已漸漸染上夕陽之後的灰色，金黃餘暉退位，他感覺周牧師、夏曼・永武昇在波動的海上，那股老海人的寧靜神態是他在陸地上沒有思考過的，彷彿達悟男人的情緒在陸地與海上有差異，在海上比較真實真情的兩種性格。

「周布良牧師、安洛米恩的身影」浮現在他的腦海想像，像是波波粼光似的刺激他的腦海紋路，兩種性格，這兩個人跟他很親近，也被部落的人說是，「神經神經的」，腦袋少兩根筋的人，但他們在海上獵魚的神情，是海浪與他們是零距離的樣子，反觀自己如是軟綿綿的小公羊，沒有實力、膽識可在海上單獨獵魚，自由自在。

牧師駕船開了二十來分鐘的海（路）程，他們來到了一個小島，他聽安洛米恩的父親說是飛魚群逆游來蘭嶼島之前的前哨站，達悟人稱這個小島為利馬卡烏德島。利馬卡烏德島有個面向南邊菲律賓巴丹群島的小海灣，此時聚集了將近四十艘的快艇，每艘快艇至少三個人，他估算前來小島獵捕飛魚的族人約是一百五十人以上，很多是他三十幾歲以上的學生，他們都給予他微笑相迎，角色交換，他是野性海洋上的小學生。小海灣東西直徑，只有兩百公尺左右，小島海灣的東西邊各有其複雜的海底地形礁岩區，是暗流非常湍急的地方，東邊的洋流流向東南，西邊的流向西南，周牧師跟張老師淺述此區的地形，張老師張口結舌地專心聽，身體帶著他的腦袋又做了三百六十度的旋轉，是好奇，也是新鮮的表現。彼時，周牧師把船開進距離小島陸地只有二十來公尺的地方歇息，很虔誠地對張老師說：

「跟小島的靈魂，說達悟語。」

「達悟語如何說？」

「夏曼・永武昇帶領你說。」

「Xi yaman Jiyakneng ku, Ta-u Jiratei.」

（我是夏曼・立亞肯恩，伊拉岱人。）

「Oyapa yaku kazagpit du inawurud nu pongso ya.」

（這是我初次拜訪你的海洋。）

「Oyaku akmei mudeh pa su pahad a jipateneng.」

（我如是嬰兒般的純潔。）

「Ovai namen kanu fulangap namen a pitazuban ta.」

（我家族的銀帽，黃金是我們共有的財富。）

「Icyakmei ku ini ramunan mu su pahad.」

（我如是被你庇護的嬰孩靈魂。）

「Tumazap ya su adan na akakanan namen so among.」
（誠心接受我民的海洋宗教。）
「Among a pineiziwan ni Omima.」
（飛魚是天神恩賜給我們的魚類。）

張老師，他達悟的名字夏曼・立亞肯恩。他跟著說完祝禱詞之後，彷彿體內複雜的穢氣瞬間蒸發似的，讓他感受到民族信仰的精氣鑽入心海，神情體態首次感受到輕盈。怎麼如此的神奇呢？他愉悅地想在心海。

「你的漢姓，小島的島魂不認識，夏曼・立亞肯恩是你的真實姓名。」夏曼・永武昇解釋道。

漢姓，族名，在此刻的海上又給他了另一個思考的功課。他問自己，漢姓與族名的差異，為何是用海洋島嶼的靈魂的認識與否來區分漢姓、族名呢？他回想，他父親為他的第一個小孩命名的時候，他按父親的指示做了傳統的命名儀式，那是他回祖島教書的第三年，十多年後的今天，這個差異他有了感觸，那種感受是師院養成教育是漢族一元化的教育，難怪他回祖島教書之後，根本就沒有思考過自己民族異於漢族的文化內容，此刻，族名給了他在海上的真實感。他觀看一波波的就在眼下的微微顫動的波浪，他也在顫抖，那是他害怕夜間的黑色海洋，他生平的第一次經歷，也第一次感受自己的族名與波浪有連結的感受，此刻內心有了喜悅的樂音。

「Apiya o kakawan[13] ya.」

（今天的礁石，好嗎？）他聲音顫抖地問夏曼・永武昇。

「Jipi cireng a kakawan, ipanci ta ikahad nu nekem.」

（在海上不可說礁石好不好，要說，今天的海讓人心情舒暢。）

這是什麼語言？他再次地感受到，他貧窮的達悟語彙讓他沒有顏面，夏曼・永武昇接著說：

「在海上的話語與陸地說的話上不一樣。」

「在海上的話語與陸地說的話上不一樣。嗯……」

他感到有些些的失落再起，首航之旅是身體在嘔吐，學習習慣海洋律動顛簸的本性，他的思維被混淆，他內心的矛盾如正在漲潮的潮汐，混雜著數不清的浮游生物，也是在宣判自己在師院的養成教育在波動的海上是無用論。一個在地的學校老師，經過師院五年的教育養成，教育不是單純的一件事業，他說在心裡。夏曼・永武昇教他在船上撒下漁網的動作，而不停止浮動的波浪一直困擾著他還無法適應海浪的身心與身體，可是，許多許多一閃一閃如霓虹燈的漁網燈目，讓黑夜的海面給他增添全新的視野，完整的寧靜，自然的海濤聲，航海到小島獵魚的族人們，還有周牧師的漁網全是銀白色的飛魚，夏曼・立亞肯恩欣慰無比，這一夜他接受了海洋儀式的波濤洗禮。不是只有這一天來海上獵捕飛魚，是一個月，是兩個月的時間。夏曼・永武昇在海上把民族的海洋的儀式、知識跟他細說，他漸漸地適應了起來。

夏曼・立亞肯恩，他體內原來就有的海洋基因，原本就是完整的。在他們三人坐在不停地搖晃的船上輕聲細語交談，等待飛魚群族被掠食大魚獵殺時，千百飛魚群展翅飛翔，躍出海面的那一刻雄偉畫面，周牧師與夏曼・永武昇在海上獵魚已經目視，內心閱讀了無數回，此刻他們內心各自祈禱，可望海神開啟它黑色海面的舞台，讓夏曼・立亞肯恩老師可以親眼目睹那一刻千百的飛魚群飛躍的雄偉畫面，夏曼・永武昇的形容詞語，說：

「海洋給男人的電影。」

「周牧師，還有我們島上族人沒有買機動船以前，我們經常划雙人拼板船來到這個小島夜間捕飛魚，前人的經驗知識，如月亮與潮汐的強弱，潮汐大小與浮游生物，洋流變換的海道流向的差異，許多許多海洋不規則的情緒裡的知識，在每一次的，每

---

13 kakawan原意是海底的礁石，達悟人說天氣好不好，說成「礁石」好不好。

一年的身體力行的夜航捕魚經驗轉換成我們的生活智慧，進而融入到海洋流動的脾氣為我們民族男性必備的知識，然而我要跟你說的是，沒有機動船之前的歲月，我們划船來到小島捕飛魚的時間，約是一小時二三十分鐘，這個過程與經歷讓我們體悟到前人們對海洋、對飛魚的敬重與敬愛，那是你一直在陸地，教室空間無法感悟的泛靈信仰的真諦，這是個嚴肅的課題，更是前來蘭嶼跟周牧師做田調的台灣學者不可能感受到的海洋儀式。你來到浮動的野性海洋教室，無非就是讓你感受我們作為航海家族族裔的男性，飛魚季節應該在海上獵魚的傳統，而非在家裡抱著妻子的大腿不放。在過去的歲月，與周牧師、部落族人划船過來，我不說辛酸的過程，但我想告訴你的是，『海洋給男人的電影』：在天空的月亮，天空數不清的眼睛，在海洋的波浪，海洋數不清的浮游生物，還有海洋的風，天空的雲，會在某個夜晚交織纏綿，彼時海面下的水世界如是夜空的既慈祥，既寧靜的飄逸帷幕，山林裡不同樹木材料建造的木船如是海神的玩偶隨波游移，而眾多的海人如是波浪的虔誠教徒，期待掠食大魚舞動弱肉強食的自然律則，海面因而掀起飛翔的浪花，乍看白雲好像把海面當作是天空的感覺，撐開了夜色海洋的遼闊，哇！飛魚展翅的翅翼如我們木船的一對雙槳，飛進我們的船身，每一次每一次的這一幕，只有來到海上，才有機會閱讀到自然界瞬間的絢麗，這個結論是，男人在海上虛心接受海洋的洗禮，海洋的儀式，海洋舞動時的讀者，你將會感受海洋包容的無限容器，於是我們航海家族在海上，傲慢是最大的禁忌。」

周牧師的教會屋頂上的十字架，有紅色的霓虹燈裝飾，在他們回航的航程中，看來特別的醒目，夏曼・立亞肯恩老師的心海有了最新的感悟，他認為《聖經》裡寫的「謙虛」，《論語》裡的「謙受益，滿招損」好像在海平線的那一端，他相信周牧師也是泛靈信仰者，如夏曼・永武昇、安洛米恩。

他閱讀欣賞他昨夜的漁獲晾曬在舅舅的家屋庭院，解魚後的銀白魚身隨著微風飄逸，勾起了他的嘴角，停留在十點十分的位置，他拾起了畫板與水彩，每筆水彩像是彩繪他昨夜在海上的情緒，告訴自己：「我不是殘障男。」

同學們，老師今天跟你們說故事——海洋的儀式。同學們的耳根一聽到海洋，他（她）們的笑容像是四腳站立在山峰的山羊群族俯視海洋，微笑地觀望講台上夏曼・立亞肯恩老師口述星球最古老的海洋舞動的傳說。

如果沒有這個島嶼，我是不存在的。

一如晝與夜的正規交替，一如往常的寂靜的秋冬，晝變短了，夜於是成長了，他認為這是他回祖島最大的享受，習慣了在北緯十九度的島嶼氣候，習慣了潮汐的多變換，按著日與夜的時間清醒腦子，入睡前起身走出鐵皮屋外呼吸空氣，看看夜空。幾個月前從大島C市脫困於人與車那樣吵雜的環境之後，回到了小島讓他身心的感覺，甚至是耳朵的聽覺都舒服了起來。啊！我的身體，我的靈魂終於清潔了，他說。是嗎？他摸摸頭仰天，又反問自己。

祖島的天空依然如此的令他渾然進入自我寧靜的氛圍，容易陷入自我分析的狀態。他認自己是四肢發達的男人，重視身材健美的人，他也認為自己長得也還算是部落裡俊美的年輕人，可是自己卻瞧不起部落裡的少女，或是婦女，認為祖島在現代化後，她們的氣質不如他的祖母那個世代的女性來得優雅，以至於到現在他還沒有心儀的女朋友，也或者說，從小學時期起，他的女性同學認為他頻繁地逃學，跟他的神經病有直接的關係，這也是沒有女人看上他的因素。我為何不敢跟女人說話呢？問自己。也自認為自己不算笨，只是過去一看到課本，心魂就想逃避，想離開教室，他的腦海經常覺得自己並沒有受到上帝的眷顧，於是更不可能會有女人多看他一眼。今夜，他就在外頭胡思亂想。我究竟怎麼啦？

清晨，他起身之後習慣性地走向部落面海右邊的礁岩區徒步，那兒是沒有車子行駛的小徑，礁岩區與陸地接壤是一整片的馬鞍藤，在秋冬的馬鞍藤是翠綠的，葉片厚厚的，鐵了定是吸足了晨間的露水，他是這麼認為的。但他也認為，島上的族人的身體在冬天比夏天瘦。他獨自一人漫不經心地走，以及一隻隨其後的，算是可愛的小母狗吧，走在部落的人在沿岸潛水獵魚，垂釣時習慣走的路。當然早起的人不只他一個人，只是因為島上為了防颱，建築在與地平面齊的傳統的、半穴居的茅草房屋，在一九七〇年代被台灣政府視為其殖民境內是落後的象徵而被夷平後，整個部落初始的地貌在那個時候起就無法再復原外，也正式宣布島民之建屋的環境智慧被瓦解根除。當然早起的人也被水泥屋遮蔽了人們在晨間的活動，諸如男性劈柴，諸如茅草屋在清晨，在夕陽時分柴薪輕煙裊裊昇華的景象也成了他過去的甜美記憶。

這是個靜靜的初冬，沒有太陽日照的白天，陣陣微風夾著寒意的濕氣，馥郁的從初醒的北方山頭順著地勢的吹向部落，風影風聲從水泥屋與屋之間的空間吹來，然後吹向部落面海的南邊海面，凡被寒冷的風橫掃的海面便醞成微微波波的漣漪，一片一片的，遠的近的海面場景如是初春的小米穗乖巧地隨風飄逸。那一片海，此一片海交替的風影飄移，好像是風與海相互黏貼的舞步，自然的律則，此隱彼生，此景他總認為是不十分愉悅的景致，甚至還會讓他覺得憂傷，這是安洛米恩經常跟達卡安說的話。當然小他十多歲的達卡安不這麼認為，他的感受是，風的舞影像是浮出海面一整群一整群移動的鯖魚，會誘惑不怕冷的男人出海獵捕牠們。彼時島嶼上空抹上灰色的雲層，被寒風帶來，而後掠過大海被帶到遠方，讓人覺得島嶼的冬天永遠不缺憂鬱的烏灰雲片。即使如此，包括他們二人，島民性情已經練就了在如此的氣候下，環境賦予人們的平靜性格，以及灰灰的心情。你若是冬天裡的外來遊客，你將感覺這達悟人的祖島不甚好客、友善，安洛米恩也會跟你說，你占據了他的寧靜，雖然你沒有與他對話，即使你是無意，或是善意很深的遊客，他也會認為外來人帶來煩惱給他。是嗎？如果沒有外來人，我會有香菸抽嗎？他歇斯底里地問自己。

在菲律賓諸島獵魚，當近洋船工一年半載，他厭惡了極為不人道的獵捕鯊魚翅的船工生活，也是極為慘烈的漁工階級明白區分。當他回來祖島的三個月之後，他變得和兩年餘月之前完全不一樣，完全變了一個模樣的人了。一位陽光型的，翩翩的，熱情的年輕人之形貌，此時如是雲散的彩雲，變為灰色的海面，還常常略帶蔑視他人的眼光，變得很神經質，於是與部落人的關係變得更為陌生，變得十分冷漠。

他漫不經心地從他的鐵皮屋走出來，這個鐵皮屋，是他靈魂先前的肉體幫他蓋的，是可以遮陽納涼，避風影吹進屋，但是下雨天的雨水會從國宅外牆牆壁溜進他的房間。當然的，他的房間的木床是他的祖父年輕的時候，使用斧頭伐木削平的龍眼樹，有三塊，每一塊長約兩公尺，寬約是五十公分。這三張木板床的歷史是，他的前輩們的汗水，淚水，還有估量不完的，宰殺豬與羊的油水，以及柴薪的煙塵的經歷，此時傳到他這個時候，木床已經變得非常的光滑，像是敷上了蠟油膏似的，當然屋內的擺飾其亂無比，與都會裡的遊民財產不分軒輊，當然雨水會沿著舊有的水溝流出屋外。開門的時候，鐵皮脆弱的咖咖聲，敘述了它的歷史，此刻弄醒了他的小母狗，小狗此時在他開門的每一次，牠都會伸伸懶懶的身子，拉開脊椎，並張開大嘴吐出其內臟裡的臭氣，此刻安洛米恩也習慣性地摀著嘴鼻，避免吸進小母狗的腸內臭氣。小母狗抬起牠的左右腳習慣性地試著擠掉眼屎，而後汪的一聲，好像對他說聲「早上好」「嗯！」他說。小狗是他從台灣回來的時候帶來的，幾乎是他唯一說真話的對象。幾個月下來，他的喜怒在小狗漸漸長大的同時，對他的了解也在增加，畢竟他們相處已經有了三個多月的光景，況且小母狗在這個島嶼沒有親戚，屬於移民來的雜種狗，對主人好，主人就會替牠抵擋那些欺負牠的，他認為是沒有教養的土狗，牠是這麼認為的。小母狗很有教養地跟在他後頭，從不超越他一步，他叫牠為「黑浪」，部落的人稱牠為「黑狗」，管他的，反正就是一隻狗吧！他如此思索，況且是台語，非達悟語，無關緊要，就像他的漢名「黃萬」一樣，他從未承認那是他的身分證明，「安洛米恩」才是他具有民族基因與環境交易來的完整身分。

他走向海邊，向右走，走十分鐘後，向右手邊瞧瞧已經全是水泥建築，景致完全改了樣貌，與綠色山林不協調的部落，他說，這種水泥房好像火柴盒，冬天溫暖，夏天在屋內像是學校營養午餐蒸饅頭的蒸籠，比直接曬太陽流的汗水多五倍以上，他也認為住鐵皮屋還比較舒服。當然他依稀記得，他早逝的大哥說過；彷彿現代化的複雜已在不自覺的過程中悄悄地鑲入部落族人的生活裡了。這很讓他十分的不自在，認為沒有人在意他的早起了，在意他是勤奮的年輕人。他轉個身子，面向海邊解腰帶撒泡尿，並觀察海象……

「看什麼看？沒看過人類撒尿啊！」黑浪在這個時候，自動避開了牠的狗臉，不過也順便蹲了下來，與主人十分有默契的一同撒尿。

「嘿嘿，你也撒尿啊！」安洛米恩笑著說。

「過來。」安洛米恩摸一摸黑浪的頭，黑浪搖一搖尾巴展示親切，還有牠的脆弱需要主子撫摸。他拉起了撒尿後的短褲繼續往前走，今早沒人下海抓魚，他想。當他們走到了他的祕密岩洞的時候，他東望一下，西瞧兩眼，彷彿恐懼他人知道他的密屋。他變得有些神經兮兮的，是他以前不曾有過的狐疑行為，當然也沒人知道他去台灣，這三年來的故事，他也絕口不說，跟人類說話很麻煩，這是他心中一直有的低音回響。岩洞外部混雜著蔓藤，背面是亂石堆砌成的，以及沿岸陰翳的矮樹叢，一隅不會讓人家注意到的地方。他沿著自己走出來的小路，與公路平行，他的路與公路之間有著綿密的林投樹叢，從馬路望海，是看不見他的人，部落的族人在幾個月來已經習慣了他的行為模式，於是他每天起身之後的早晨，他活著，或者死已經無關緊要，似乎是把自己跟部落的人隔絕了起來，沒人看見他早起，也是讓他自己覺得心靈平靜的方式。他以漂流木製作門，門鎖是不鏽鋼鐵絲，他鬆開門後，就坐在門裡望海抽菸，或者說是觀察海象，此時黑浪便安靜地坐在他面海的左邊，也在看海。

喂！你會游泳嗎？他跟牠說話。

我是有智慧的人類，你的唯一就是要對我忠誠，他接著說。

話說回來，他不是不想跟部落的人說話，而是自從他懂事以來，認為部落的人，或是整個島民，是一群不聰明的人，不會創造能飛行的飛機，有動力的輪船，雖然自己也不會，但他總認為自己的航海家族的基因比其他家族優越。這一天是個陰霾且飄著細雨的早晨，抽完一根菸後，他便拿著他徒手潛水的簡易用具，走向海水拍擊陸地的礁石處，並對黑浪說：

「你就在這兒！聽我的話，我們都是被遺棄的族類……。」

從他的祕密基地走到礁石岸邊的海約莫是六十步路的距離，天氣陰陰的，灰色濛濛的天，吹來的風涼意很深，不過海水很平，很溫暖，但是看起來是混濁的。他裸者上身，大胸肌顫抖一陣，喊了一道「嗨」，就噗通的進入海浪與礁石的世界了，彷彿海浪就像他眼裡最珍愛的母親一樣，令他備感平靜，而後隱沒在海溝，海底，繼續他回到祖島之後，向海浪尋求食物，他不變的求生儀式。他也認為，唯有如此他心裡才覺得心安滿足，也是他真實的自己，他的嘴一開一合，吸氣憋氣，翕張的模樣，忽伸忽沒的頭顱，是他正在潛水抓魚，抓他的早餐。那年一九九〇，安洛米恩二十八歲。

這一天的水溫攝氏約是二十二度左右，他過去花許多時間潛水的經驗，就如山居裡的獵人，心魂與環境交易的規則是寧靜，而非吹擂自許。正值顛峰的他，做過船員的體能，還有他個人的祕密魚庫，讓他很快地有漁獲量。他個人潛水獵魚的需求是，不去用魚槍獵超過六公斤以上的魚，這不是他實力的問題，而是擔憂被大魚弄壞他簡陋的魚槍。對他來說，失去了魚槍等同於斷了腳的人類，失去了維生的本能，因此珍惜自己的魚槍，就如山裡的獵人善待其獵槍一樣的生存哲理。

珊瑚礁岩上有許多的鸚哥魚在吃海裡的草，這些魚是女性吃的魚類，自從母親失蹤，不見人影之後，他就不再射鸚哥魚了，相對的，他開始往淺海的地方，搜尋每個海溝，射男性吃的魚，如天狗鯛魚，尤其是與礁石顏色相似的石斑魚，或是一斤以上的白毛魚。他從台灣回祖島之後，他這種專心射淺海區的魚，不僅累積了他不少的心得，同時也很頻繁地遇見大尾的，二三十斤的浪人鰺，即使就在他身邊，此時期的他練就了「敬老尊賢」的倫理。因此，這次從台灣回來之後，那些大魚的出現，他只有觀賞牠們俊美的身影，不再用魚槍傷害大魚了。每次他在海裡與大尾的浪人鰺相遇的故事，說給達卡安時，達卡安每次都說，就射吧，就射吧，但他不為所動地說，我要保護我維生的魚槍，射到大魚，我們吃不完等於傷了魚魂，傷了我的信仰。

他在晨間的初冬，許多人還在昏睡的時候，他已在海裡搜尋他要的食物，達卡安逃學時，會在他的祕密基地先生火，煮開水給安洛米恩喝，幫他準備一包香菸，一瓶米酒。他也知道，他們共同的特質，一握到鉛筆就想折斷它，就想生氣，他在思索，萬一達卡安來找他的話，嗯……，再射一尾石斑魚吧！

上了岸，他的笑容黑浪一眼就望穿，牠也有了「早餐」，碰碰跳跳的在牠的主人上岸的礁石上等他，而後跟在主子的身後，牠的喜悅讓安洛米恩也燃燒了很久沒有浮出的笑容，安洛米恩抖抖身子走向他的祕洞，在門口放下他的漁獲，兩尾兩斤左右的白毛，三尾約莫一斤的黑斑點石斑魚。原來的雲層靄靄漸漸變得灰白稀疏，風也微弱了許多，表示天氣將要好轉。他鑽進不到兩張草蓆的岩洞，他立即撕掉蒐集來的厚厚紙箱，從石洞取出打火機，點燃紙張生火，他耐心地先燃燒細根木頭，讓小木頭再燃燒大木頭。過了幾步路的時候，燃燒的柴薪煙霧瀰漫他的祕室，並緩緩地鑽出石縫飄升到洞外的上空，可是很快地被飄送到汪洋，變成了無色。火旺的柴薪，火舌在石頭爐灶放射熱熱的溫度，溫熱了安洛米恩從海裡浮出上岸的身子，他把一尾已取出內臟的石斑魚放進盛了淡水的鋁鍋，放進爐灶。這個時候，他開始解剖兩尾白毛、石斑魚魚身，此時他過去在遠洋船上切除鯊魚魚翅的刀工派上用場，刀工解魚的俐落，讓蹲坐門外的黑浪目瞪伸出長舌，魚身即刻變成帶尾翼的兩片，很完整的半片魚身，他熟練地吸吮生食魚眼，黑浪目瞪搖頭甩出口液，張開大嘴，汪了一聲。吃魚眼也是他從小習慣的生食的習俗，在咀嚼魚眼的同時，也把白毛魚鰓沾鹽巴生食咀嚼，這影像看在黑浪眼裡，口水直落，牠後半著地，半蹲在門外的礁石上。他十分細心，在魚肉上用刀切成波浪形，一刀一刀的，刀刃切割魚肉，魚肉立刻呈現光滑晶瑩鮮魚肉色，魚身切割完，他便拉起魚頭魚尾，魚身立刻被拉長，刀刃切割的連皮魚肉即刻成波浪紋形，他邊欣賞邊將魚眼用繩子串成結，如斯晾曬起來好讓冷風比較容易吹乾魚肉，四尾魚身最後解剖成八片，然後在魚肉抹上粗鹽，再用一根木條串成一排，懸吊在離火舌一公尺高的地方，讓煙霧溫火燻乾，跟魚肉說，你們就是我屋裡的波浪。然後他把魚身中間的骨頭切成兩半，也放進鍋裡沸煮，此時大功告成，只等著煮熟魚肉。他背靠門柱抽菸，望海，右手握著昨日剩下的半瓶米酒，他緩緩地仰起酒瓶，啜飲一口，

「嗯……」再看看屋內，欣賞一根木條串成一排的魚身，此刻，他再啜飲一口對黑浪說：

「我潛水射魚，我的魚槍不射淺海水域的低等魚類，知道嗎？我是優質的達悟人。」

狗兒黑浪好像理解似的猛搖尾巴，也好像在示好，巴結主子。

「Ko katenngan o nakem mo.」

（我知道你心中的意思。）安洛米恩說。

狗兒黑浪也明白在冬季吃魚，以及喝熱魚湯，對其狗身子也是健體的食物，於是在他們沒吃早餐之前，牠在主子面前跳過來又跳過去，跑遠到海邊，而後又折回來，牠希望可以活動活動讓腸胃打開食欲，也渴望看見主子的臉部表情有喜悅。跑了數回之後，安洛米恩抬高手掌，讓黑浪跳躍的觸碰，手掌上上下下，狗兒也是，最後他笑了，我的好狗，我的好狗，他說著。

涼風吹了進來，黑浪搖搖尾巴，安洛米恩摸摸牠細小的頸子，黑浪於是賣乖的半蹲，舔一舔主子的手掌。柴火只剩了赤紅的餘炭，餘炭溫熱地上的礁石，兩邊的礁壁，以及後端砌成的石牆，讓洞穴內兩坪不到的空間多了許多他在部落裡的鐵皮屋沒有的溫火暖氣，幸好離開了遠洋船「福運號」[1]，他想。

他從爐灶抬起鋁鍋放在門口，讓風吹涼鍋內的熱湯，手提著不鏽鋼鋼杯往海邊取海水，而後放進鍋內，他再撕一片紙張，把撈起的魚肉放在紙上，鍋裡的熱氣，紙張上的魚肉被微風輕輕地吹，黑浪仔在這個時候，不斷地搖動尾巴，看來也是飢腸轆轆。他把鍋裡的熱湯倒進礁石槽，讓礁石降低魚湯的熱度，說：

「Youpen muri.」

（那是你喝的魚湯。）

黑浪喜悅地左右搖動尾巴，汪……汪……

「Ku katenngan, ku katenngan, muka sarai nya.」

（我理解我理解，你的喜悅是感激我。）安洛米恩笑著說。

他單吃魚肉，沒有地瓜，也沒有米飯，他慢條斯理地享受，今早他從海裡抓來的鮮魚，不只這一天，只要海浪讓他下海，他就下海獵捕自己的食物，海浪變得洶湧就是請他休假，於是又對黑浪，說：

「Wawa yam, nya puwan ta, iya yamviyaviyai jiyaten, mu katenngan?」

（這一片海洋，就是我們的父母親，他養育我們，你知道嗎？）

汪……汪……安洛米恩再一次地笑，又說：

「Hapzatan mu u saruwap tan, ta duta yakanan u among ta, nu kaduwan a inu an.」

（你要照顧我們的祕密基地，不可讓那些雜種狗偷竊我們的魚，知道嗎？）

黑浪仰著濕濕的嘴，對著主人又汪……汪……了好幾回。安洛米恩再一次笑得開懷。

安洛米恩摸一摸鋁鍋，幾十步路的光景，他雙手提起鋁鍋，往嘴裡倒，喝鮮魚湯，Hem……Hem……而後打了嗝聲，Hem……Hem……他繼續享受他的魚，吃完的魚頭魚刺就丟給黑浪舔。

「Nu yabu o pongso yam, ala abu ku u.」

（如果沒有這個島嶼，我是不存在的。）

汪……汪……黑浪又嚎叫了好幾回，好像也在宣示自己也不會存在似的。他眼前的海平線，這個小島的南方，在秋冬沒有巨輪的時候，它始終保持灰灰的憂鬱景致，牽動著安洛米恩的情緒，當他不移動身子的時候，他就像是一個無言的巨岩，沒人理解他的內心世界。

或許，他在船上工作已養成了快吃的習慣，走路不到五十公尺的時間，他便吃

1 代名詞，虛名。

完了他今日的鮮魚湯早餐，喝不完的魚湯就倒進黑浪喝魚湯的礁石槽。黑浪再次飽足了，這是牠跟著主子賣乖的原因，只要主子在一大清早走出鐵皮屋，走向主子的祕密洞穴，牠鐵定也有鮮魚肉湯的早餐，這一點是比部落裡那些雜種土狗來得幸福多了，很自然地比那些狗來得有涵養。

安洛米恩把先前沒有抽完的菸，再次用木炭點燃菸絲，被柴薪染黑的鍋底，他再次裝上雨水，再放進爐灶上，讓赤紅的木炭溫熱雨水，作為他口渴的時候拿來喝的水。他吐出嘴裡的菸煙，用汗衫擦掉身上汗水，坐在門外望海望天的接受風影的涼意。然是腦海的想像就如海洋那樣的深邃，無人知曉他的內心世界，也沒有親人可以讓他傾訴他在船上工作時的辛酸。

黑浪也坐在他身邊，也在望海，其實牠的主子也不明瞭牠內心世界的，狗兒的苦難。說起這一段他們的往事，其實很簡單：

那一天的凌晨，他從K縣搭計程車回台東，當他男性的生理需求在旅館做完了男女身體接觸的交易之後，他心情愉悅地在一棵有榕樹的路邊攤喝酒，他獨自一人邊喝邊想像，他丟棄的雞骨頭誘來了一隻小狗，就是他現在身邊的這個黑浪。當時黑浪看起來很可愛，也很乾淨，他知道家裡已經沒有了至親的親人，再說，他離家已經三年餘月，想著家裡的老母狗必定已被隔壁家的那些仇家打死了，他如此推論，想著想著的時候，他已喝了十四瓶的啤酒，他走不到旅館，便躺在酒攤邊陰暗的樹蔭下，睡著了。日照之後，不是街道邊的店家喚醒他，而是黑浪不離棄他，一直舔著他的右手腕，他戴潛水錶的環節，他尚未睜開眼睛摸一摸手腕，發覺他珍愛的潛水錶不見了。潛水錶雖然花了他兩萬多元新台幣，在海上也戴了兩年餘，算是他身上唯一的財富，可是他感覺黑浪警惕他，你的手錶被偷了，好像也知道那個錶是安洛米恩唯一的財富，所以當他醒來失去潛水錶，再次地讓他厭惡某類型的台灣人之外，他的人性本善的這一面，黑浪適時地給他了溫情，他於是起身決定帶黑浪坐船回蘭嶼，並對黑浪說：

「Mita do pongso namen an?」

（跟我回我的祖島，好嗎？）

他坐在水泥地上，抱起黑浪，背靠在榕樹樹幹，對面美而美早餐店，許多吃早餐的人斜視著裸著健碩的上身的他，但他無視於那些人的存在，並賜名給黑浪，說：

「Karan nan ku imu xi Omalumirem an, karaku wan, Xi Ngalumirem o ngaran ku. Omalumirem am, ovaheng a rakwa wawa, Xi Ngalumirem am, mankeskeran du karakuwan nu wawa ya.」

（我給你的名字，就是黑浪，我的名字是安洛米恩，你的名字黑浪，是因為我在很大的海洋討生活，我名字的意義，是因為我的祖先是尋找島嶼的航海家。）

他們就是這樣相遇的，安洛米恩菸抽完之後，進入洞裡，在礁石縫裡尋找他喝醉時，隨意塞進的菸，餘炭的餘溫在小小的空間，再次讓他汗流浹背。

汪汪……汪汪……黑浪在外頭半蹲的叫著，安洛米恩走出洞穴往左看，達卡安面帶微笑地走來，手提著一瓶米酒，還有一包香菸，遠遠地說：

「Ngalumirem, Oya saki mu, kanu tabaku mo.」

（安洛米恩，一瓶米酒，一包香菸，你的。）

「Asyou ya?」

（哪來的？）笑著說，彷彿救兵帶來援助。

「Kuni maci papayi, nu kamahep.」

（我去抓龍蝦，昨夜。）

「Ka teneteneng mu rana.」

（進步那麼多了，你。）

「Imu ni nanawu ji yaken.」

（是你教我的。）

「Mi yakan ka su anid.」

（要不要吃石斑魚，你。）

「Cyaha, ku mavawun.」

（沒關係，我的肚皮滿滿。）

「叫什麼叫啊，你，黑浪。」達卡安摸摸黑浪的頭，說：

「Apei ya.」

（拿去，這個。）

五百塊的新台幣。

「Mi kunan.」

（我走了。）

「Yaru kisat do fei-ci-tsang, xi cyaraw.」

（很多警察，在機場，在今天。）

「Tasyou o vazai?」

（什麼事情？）

「Yami kang-yi sira o ta-u ta.」

（我們的族人要去抗議。）

五百塊的新台幣，他用石頭壓住，這小鬼進步很多，回道：

「Si manngo yami kang-yi?」

（何時抗議？）

「Xi maktei saraw kunu.」

（聽說，在後天。）他目送達卡安消失在他的視線。

嗡嗡……嗡嗡……是台灣T縣飛來蘭嶼的飛機聲。他繼續抽菸，喝著達卡安拿來的米酒，繼續望海幻想，嗡嗡……嗡嗡……飛機飛行的聲音被秋冬的季節性的北風吹向南方，他仰望海平線上方五十公尺高的天空，是機翼硬硬的飛機，沒有野雁雙翼上下拍風影來得優雅，機翼近機身的地方是兩片的螺旋槳葉，在很遠的海面上如四百公尺體育場的彎道轉彎。

一九七〇年，在他剛進小學的時候，在飛魚季節四五月天，人可以坐的飛機第一次飛來蘭嶼，他好奇鑄鐵製造的，可以飛翔的飛機吸引他，也害了他，他的同學往太陽升起的地方上學，他往太陽下海的地方上學，去機場看飛機，這也是他常常逃學的原因之一。他曾經問過他的父親：

「Ikungo natu nalapi nu vahalan ri?」

（那個鐵，怎麼會飛呢？）

「Ahesen mu xi yama ta dutu am.」

（你去問上帝吧！）

一個幼小的心魂，從那個時候起，就在每一天有月亮的美麗夜色望星空問上帝，即使到了現在，他認為上帝還沒有下來告訴他答案。不過，他真的厭惡他的父親的答案，「你去問上帝吧！」達卡安上國中念書之前，也就是安洛米恩還沒去台灣工作的那段時光，他幾乎天天遇見安洛米恩在機場與觀光客閒聊，他雖然不識字，但說華語說得很好，字正腔圓，頭頭是道，語彙豐富；諸如殖民者、西方殖民宗教、小資產階級、優質與劣質、共犯結構、國家霸權……等等的，許多達悟籍的老師說不出的，他琅琅上口，包括達卡安本人雖然已是國中程度，但以上的這些語彙比海洋更為艱澀，讓他聽不懂安洛米恩說什麼，因而質疑安洛米恩真的是神經病患者。那些年，他從不同的遊客們的對話學到很多，同時學會了抽菸的同時，也悟到了逆向反思的批判。就在那些年，飛機開始飛蘭嶼的時候，他大哥的好朋友，一位台灣的名作家張大春來蘭嶼遊覽，他都很細心地聽他大哥與張大春的對話。

安洛米恩的知識就是從遊客學習來的，關於這一點，譬如說，張大春回台灣之後，他的大哥開始寫小說，刊登在蘭嶼的雙周刊，幾年過後，他的大哥在台灣T縣自殺，因為這個事件，他已逝去的父母親才帶他去台灣，而且是坐飛機去台灣，他的喜悅是飄浮在空中，他的悲傷是飛機著地之後，人生無常的劇本讓他感悟到飛機、輪船的來臨，其實是讓達悟人被逼移動，選擇在不同的國度死亡。然而，他卻在他大哥的遺物找到張大春的名著《四喜憂國》，他就是拿這本書跟達卡安吹擂說：

「張……大……春就是我大哥的好朋友，會寫書，是作家。」

關於這一點，達卡安認為安洛米恩確實是神經病患者，不再質疑了，張大春是誰，跟他以及海洋無關係，於是達悟語一半，華語一半地問道：

「Apiyapiya pa mi yawawat, jimu mapacitan jyake u vakong，你看得懂漢字嗎？」

（潛水抓魚很容易，不要拿書給我看，你看得懂漢字嗎？）

「哈哈哈，其實我也看不懂漢字，不過我認識這三個字張……大……春。」

「Yama teneng iya miyawawat?」

（他會游泳嗎？）

「Ala jiya teneng.」

（可能不會。）

「以後不要拿書給我看。」達卡安抬高聲帶地說。他知道，在達卡安面前炫耀書，或是雜誌，那是對他最大的羞辱。

他把達卡安給他的五百元與香菸用塑膠袋包起來，插在短褲的腰間，再把張大春的名著《四喜憂國》放進他的枕頭裡，好像是思念大哥的儀式，即使他在菲律賓抓魚的時候，他也都帶著這本書出國，在海上翻閱，讓其他船員認為他是識字的水手。不過，達卡安認同安洛米恩是會說英語的神經病患者，這一點，他是不會質疑的。當然英語比海洋更遙遠。

「Mi kunan.」

（我走了。）達卡安說。

飛機下降的聲音愈來愈大聲，他發現飛機正往他正前方的海面上空，朝他的洞屋這兒來。幾步路的時間，機身由上空高處緩緩降低，速度很快，嗡嗡……嗡嗡……愈來愈大聲，轟隆……的巨響，飛機便從他的祕密基地的上方降落，飛機即刻著地，轟的巨響，飛機的煞車聲，劈啪……嗯……飛機停止了引擎。

他起了身子，關上木門，跟黑浪說：

「Tana.」

（我們走吧。）

黑浪也起狗身跟在後頭。他把汗衫披掛在肩上，風影從林投樹叢吹來，涼意適當的讓他感覺舒服，他們漫步穿越樹叢，這個路徑是他開闢出來的，走五十步路的光景，即可走到公路上，這時警車急速地匆匆閃過他們。安洛米恩漫步的走姿是他的習性，他的調調，完全和他在海裡潛水的狀態一樣，不疾不徐的，然而，他內心深淵回想著哥哥跟他說過的話，說：

「你們這群吃國家飯的老師，沒有一位是有擔當的人，什麼模範生，什麼第一名，全都是鳥蛋，孵出之後的蛋，真是混蛋，幹什麼嗎？老師，國民黨，核能廢料貯存在我們達悟人的島嶼是國家的政策，這是什麼道理啊！國家的政策是要滅絕弱勢的民族嗎？」

「老弟，你看看，這群民代吃吃喝喝，核能廢料貯存在我們達悟人的島嶼，他們還高興得起來，一絲民族意識都沒有，這些人還是人嗎？」也是因為有這個記憶，讓他非常厭惡鄉民代表，認為是一群蠢蛋。

想到這些他大哥過去跟他說的話，愈讓他怨恨殖民者，怨恨國民黨的黨工，說，核廢料貯存在蘭嶼是國家的政策，這是個狗屁政策，邊走邊想，讓他氣憤沖頭。

「上帝，祢告訴我，這是什麼政策？假如核能廢料是好東西的話，怎麼可能大老遠的從台北運送到蘭嶼來，就說這一點，就可以證明核能廢料不是好東西。國民黨政府也不是好東西，你們把台灣的壞人拿到蘭嶼來關，你們把最不好的老師丟到蘭嶼來，害得我不敢上學，還有警察，只會打麻將，只會喝酒，最不好的都丟到我們的島嶼，羅漢松、蘭花，你們把它偷走，偷竊的人就是那些警員，漢人不是好東西，我賣龍蝦給漢人，一公斤只有三百塊，你們賣給觀光客是一千兩百元，他X的，今天一定要打人。」他邊走邊說。

當他走到機場的空地，他確實發現有許多膚色跟他一樣黑的原住民員警，似是鎮暴部隊的裝扮，在外頭抽菸。他赤裸著上身走向他們。

「上帝，祢告訴我，這是什麼政策？假如核能廢料是好東西的話，怎麼可能大老遠的從台北運送到蘭嶼來，就說這一點，就可以證明核能廢料不是好東西。」又重複地說。他回憶，一九八三年蘭嶼有了電之後，他的大哥與張老師的對話：

「張老師，你們為何都說核能廢料貯存在蘭嶼是我們達悟人的福氣。」

「當然啊！核能廢料貯存場帶來電燈啊！你就可以把東西冰到冰箱，晚上就有電燈照亮你的路啊！」

「冰箱、電燈是我們的福氣嗎？」

「放屁，你知道核廢料會汙染我們的土地嗎？」

「原子能委員會的官員說，核廢料在蘭嶼很安全。」

「難道貯存在總統府就不安全嗎？」

「反正，這是國家政策啦！」

「國家政策有經過我們的同意嗎？」

「這是國家政策啦！」

「你們這些國民黨黨員像傻瓜，鄉黨部主任跟你們說，不可以反對，反對就是反國家。」

「反正，這是國家政策啦！」

「你們這些島上的國民黨黨員是一群最大的傻瓜，反對就是反國家，這是什麼邏輯啊！你們這些模範生，被國家培養，腦袋被欺負，霸凌，還要讚美說是我們的福氣，你們的腦袋真是有個壞死的血管。山地人老師就是最怕丟飯碗啦！」

「反正，這是國家政策啦！」

「呸啦！這是滅族的政策啦！你知道嘛！有一個山地的立委在立法院說：『要把我們達悟人搬到台灣去住，這個島嶼就貯存高強度的核能廢料。』那個死王八蛋，一個不要臉的，拍漢人政權馬屁的低等山地立委，你看過那份報紙的報導嗎？學校有報紙，你一定看過，難道你看了不會生氣嗎？你們有薪水，你們可以去台灣教書，我們這群靠海維生的族人，怎麼辦呢？什麼意義嘛，反正，這是國家政策啦！反正，你們就是怕丟飯碗啦！」這些對話，他還記憶猶新，內心的怨懟正如漲潮的潮汐，灌氣的皮球。

機場大門朝西，兩層樓的建築，走廊的上方是小塊瓷磚繪製的，蘭嶼達悟人的拼板船船型，硬邦邦的，在他眼裡看來就是醜陋的產品，是沒有一絲美學想像的設計，對於這一點，他認為自己有繪畫的天分，同時也是一位雕刻木船的高手，他在家裡不上學的那一段很長的時間，他就是依靠雕刻小木船，賣給遊客賺錢過生活的，再者，當他在台灣K市當船工時，K市的大樓建築沒有一棟會讓他的視覺滿意，他搖搖頭，唉！台灣的建築師多是小學生，唉！走廊站立著許多台灣來的穿制服的警官、警員在抽菸，安洛米恩在他們面前左晃晃右瞧瞧，許多的面孔一眼就知道是台灣的原住民族，當低階的員警，吃國家飯。在他眼裡，看來臃腫，肥肥的，看來也是呆呆的，來回數趟，傻笑數回之後「哼」，兩步路後，說道：

「兄弟們，給個菸抽抽吧！」他屌屌的樣子，擠出了員警們的笑容。

「兄弟們，給個菸抽抽吧！」

「你們來幹嘛的！」

「我們蘭嶼都是善良的人，壞人在台灣啦！去台灣抓壞人吧！」

「兄弟們，給個菸抽抽吧！」

「你們來幹嘛的！」安洛米恩繞著走廊柱子，他屌屌的樣子，擠出了員警們的笑容，彷彿他此等類型的人在原住民的社區比比皆是的感覺。

「你們來幹嘛的！」

「我們蘭嶼都是善良的人，壞人在台灣啦！去台灣抓壞人吧！」他重複地說道。

安洛米恩繞著走廊柱子，他屌屌的樣子，再擠出了員警們的笑容，

「有誰想要打架嘛！」

赤裸的他，結實的二頭肌，三頭肌，肩背，還有很有型的兩塊胸肌，六塊腹肌，一張俊美的臉，約是一七〇的身高，在這群員警面前開始劈腿拉筋，彎腰暖身，幾回暖身活動筋骨後，對著他們左右腳兩旁側踢、迴旋踢，不時挑釁地說：

「有種的話，一對一來打架。」

「要打架嘛！」

「有種的話，一對一來打架。」

「要打架嘛！」

「打輸的話，你們滾蛋。」

「要打架嘛！來吧！來吧！」

「就知道你們多是孬種！」

忽然間，一位身材臃腫的，黑黑的，看來尚未清醒，身高矮他一個頭的人走出，說道：

「哦，原來是我們的黃黨員啊！」

「誰跟你是黃黨員啊！大哥我不姓黃，是安洛米恩，航海家族的的後代。」

「你不知道我是誰嗎？」他身上全是酒味，在很遠的地方跟他說，也說給鎮暴員警聽。
「你呀！是走狗啦！是吃國民黨的奶水啦！」
「黃黨員腦袋一直有問題，他的黨證還在我鄉黨部那兒。」
「你才是神經病啦！這傢伙天天喝酒，是國民黨裡的敗類，呸！你這個山地人走狗，呸！」
「黃黨員，來來來……這一百塊，拿去啦！」潘主任搭著安洛米恩的肩，好像在表現很熟識地說道。
「你怎麼全身都是酒味啊！你，誰跟你是黃黨員啊！」
「拿去拿去啦！」
「這一百塊算什麼嘛！你這個走狗，晚上要不要買我的龍蝦，啊，走狗。」
「要打架嘛！有種的話，一對一來打架。」他繼續說道。
「黃黨員，五百元拿去拿去，不要鬧啦！」潘主任搭著安洛米恩的肩說道。
「你這個台灣來的山地走狗，走開。」
「五百元嘛！一千元啦！」
「晚上要不要買我的龍蝦，啊，走狗。」

「不要這樣說啦！不要這樣說啦！」

「他在蘭嶼天天喝酒，天天喝。」

「拿去拿去啦！拿去拿去啦！」

安洛米恩在那些員警面前，如是拳擊手賽前練習打拳的模樣，側踢，迴旋踢，說實在的，那是真材實料，是個練家子，學過跆拳道的人，於是一位山地員警跟潘主任說：

「你出五百，我出五百。」

「一千元啦！拿去。」

「要打架嘛！」

「有種的話，一對一來打架。」他繼續說道。達卡安忽然跑過來，拉住他的手，神情緊張地說：

「yaruwa kisat yani mayi do avang tu, tana.」

（很多警察坐船來，走吧！）

他緩緩地移動身子，拿了錢，進了機場裡，看看裡頭的人群，一些男女背著相機的記者群站著閒聊，他若無其事地經過，斜視的看著，「哼，記者啊。」走出去，走過那群台灣來的鎮暴隊，再次地斜眼怒視著，並再次抬起正確的跆拳側踢的模樣，迅速地拉回，再表演側踢數回。

「他的腦袋有問題。」那位鄉黨部主任傻笑地，或者酒醉還沒有清醒地說。

「很多警察坐船來，走吧！」安洛米恩看著他的徒弟達卡安，說道：

「Kongkwan mu ri.」

（你剛剛說什麼！）

「Yaruwa kisat yani mayi do avang tu, tana.」

（很多警察坐船來，走吧！）

「X，我們蘭嶼人是善良的民族，你們是來鬧事的嗎？」他擺出憤怒的眼神，對那些台灣來的警察說：「你這個走狗山地人！」

潘主任故作清醒地看著安洛米恩。

他們在轉角的公路邊漸漸離去。哈哈哈……安洛米恩假裝大笑，隨即憂鬱了起來。

「這一千塊，算什麼呢！是不是，達卡安，黑浪。」黑浪跟隨其後，不時搖晃牠的尾巴。

他真的是神經病嗎？達卡安如此思忖，這事件發生在一九九〇年的二月。

風影很乾燥，涼意很深，一樣從北邊吹來，他穿上汗衫，看看握在手上一千五百元的新台幣，他邊走邊自言自語的，竊竊私語數回，走了好一段路，說道：

「哥，你怎麼就這樣自殺了呢！你若是還健在，即使只有我們兩個人，我也會跟你去廢料場抗議，抗議台灣政府瞧不起我們的民族，抗議原子能委員會侵占我們的土地，可是你不在了，我一個人沒有辦法，我會怕，真的會怕，也不識字，哥，你怎麼就這樣自殺了呢！我們是航海家族的男人，是最勇敢的家族，你怎麼就這樣自殺了呢！我一個人，現在，家裡的父母親也走了。哥，你為何拋棄我呢！我好孤單，真的很孤單，哥……」

達卡安沒見過他的大哥，此刻聽著安洛米恩的話，不免讓他心生傷感，他陪著師父同時，深恐自己也被部落的人說也是神經病，他放慢腳步，假裝觀賞降落的飛機，說：

「Manita kupa su xikuki an.」

（我想看飛機。）

島上的警車來來回回地載送員警到A部落裡，一九七〇年某位T縣縣議員蓋的旅館，於是也無數次的掠過安洛米恩身邊，他沉默地走著，黑浪緊跟在後。警車、警員不僅是國家維護治安的資產，來到小島阻止達悟人去廢料場抗議，不僅在浪費國家公孥，正確地說，也是國家霸凌弱勢民族的鐵證，不僅破壞了小島的寧靜，他們也正在證實捍衛漢人政權欺壓弱勢民族，漢人社會不變的歷史事件，抬高伸張中華民國憲法的正當性，說，蘭嶼島是國有的土地，而非達悟人所有。安洛米恩對於「國有土地」這個觀點，極為厭惡，認為台灣政府才來幾十年，還沒建設，就先來個貯存核廢料，汙染環境，來個霸權與科技殖民的政策，來個國民黨鄉黨部，搞個撕裂民族，分化島嶼各家族內部原來的和諧，於是認定漢族政權絕非帶來和睦，而是專司破壞。

他怨恨學校老師霸凌原住民學生的制度，他厭惡台灣政府頒布禁止說母語的教義政策。他認為同時說兩種語言，絕對不會阻礙他學習華語，他認為自己有語言學習的天分，認為海裡如果只有一種魚類的話，那就不是海洋，而是養殖吳郭魚的水池，當然也怨恨自己沒有忍耐，太早叛逆，認為自己是航海家族，資質不錯，想到此，他不免傷感了起來。

他看看海面，島嶼南邊在晚冬時節吹著東北季節風，波浪是平靜的，也是帶點灰灰的，很憂鬱，讓人感受環境給人的那股寧靜，令人心怡，這就是讓他常常下海抓魚、抓龍蝦的誘因，也是他療癒失去家人的傷痕的教堂。他走向他的祕密洞穴，取回他今天早上的漁獲，他與黑浪再次地穿越林投樹叢，此時黑浪快跑地驅趕洞穴邊的一群羊，就像是軍營裡的傳令兵，當前導傳遞長官即將來到的那種表現，只要有羊群，黑浪才有機會走在牠主子前面，黑浪這個行為，讓安洛米恩證實沒有白疼牠。

帶回魚乾之後，他再從雜貨店買兩瓶米酒，三包菸，一個番茄魚罐頭，十包泡麵，而後安靜地一人走回他的鐵皮屋。生火，讓升空的柴煙告訴部落的人，他在家。

「很多很多的警察，有來，今天在我們的島嶼。」

「很多很多的警察，有來，今天在我們的島嶼。」他在鐵皮屋生火的同時，不斷地從隔壁家小孩子們的嘴裡聽見這句話。

「後天要去抗議。」他從達卡安口中聽到的，火苗漸漸地旺了起來，放一根如他大腿粗大的木頭讓火慢慢燃燒它，而後手提鋁鍋走出屋外，到隔壁家取水。

「後天要去抗議。」隔壁家的小孩跟他說。

把鋁鍋放在石頭做的，ㄇ字型的爐灶上，再放進兩片魚，水滾了之後，放進兩包泡麵，此時，他打開魚罐頭，倒在黑浪的鐵盤，說：

「今天給你加菜。」

黑浪似乎是品種好的狗，兩朵豎起的耳，雙眼上方各有白點，黑色的，四隻腳前部也有白點，小跑起來十分地輕盈，狗臉看起來也比他部落裡許多的雜種狗來得優雅，毛髮很好，覺得黑浪的前主人已經給牠注射了什麼針的，讓牠的毛髮亮黑，他蹲坐看著牠吃，黑浪邊舔食邊抬頭看主人，牠慢條地品味牠的食物，安洛米恩心裡思忖著，他很幸運撿到這隻狗，他摸摸手腕，價值在兩萬元的潛水錶，雖然失竊覺得可惜，可是換來這隻狗，卻給他說話的對象，說什麼牠都知道似的，說真話的對象。

撈起鍋裡的泡麵，兩片魚肉，放在父親留給他的，吃男人魚的木盤上，他也坐在他家國宅上的走廊用餐，旁邊立著一瓶米酒，一個鋼杯，泡麵、魚肉、米酒、魚湯、泡麵混合的湯頭交替的吃，過去傳統初民的飲食變得多元了，也或許多了蛋白質的營養，左手邊放置著一個紅色的塑膠桶。他邊吃邊撿石頭，國家是大塊的一個石頭，代表核能廢料，它的兩邊是小粒的鵝卵石，這是他的戰略想像的圖示。

「核廢」、「核廢」——戰爭的導火線，一塊大石頭。

「警察」、「警察」——持槍彈的一方，外來者，合法的侵略者。

「族人」、「族人」——握長矛的，著盔甲的原住者，非法的守護者。

「合法的侵略者，非法的守護者」，怎麼會是如此呢？原住者是非法的一方，他死去的大哥稱之被殖民者；有文字的國家是侵略者，在他們的法律稱之統治者。他想到，原來多數人使用文字，寫著沒有文字的弱勢民族的土地稱之國有地，法規寫著合法侵略少數民族。原來上下班是有規則的，可以領薪水，如警察、老師、鄉公所職員，國家的官僚有制度，也可以領薪水，有制度有薪水，我沒有制度沒有薪水，達悟人沒有典章制度，大家都沒有薪水，達悟人依賴自然環境的律則過生活，海洋波動的律則沒有文字，哇！原來製造文字的民族就可以製造典章制度，沒有文字如我們就要遵守他們的遊戲規則。原來我們原住者被統治的同時，也被宣判為歸順者。

「可是，這個島嶼是達悟人的，不是台灣人的。他們有槍，我們是長矛，對不對，黑浪，你說說。」

「誰製造了混亂？」黑浪只能搖搖尾巴。

「他們為何可以持槍來我們的島嶼？」

「我們不是共產黨。」

「我們不是警察的敵人。」

「警察也是我們的同胞。」

「我們不是中華民國的次等公民。」

「核廢料貯存在我們的島嶼是國家破壞我們的土地。」

「搞什麼嗎？中華民國。」

「幹……中華民國。」

泡麵、魚肉、魚湯等，他混著吃喝，在湯頭倒上三分之一的米酒，他一口喝盡，而後用手抓魚肉。最後將一瓶米酒倒進仍然溫溫的湯裡，再把魚湯全部放進大大的鋼杯裡，這是他在船上抓魚時學來的喝法習慣。

他進屋子，在爐灶上再添加一些乾柴，有火有煙就是有活人，在他回祖島之前，他的家已經好久好久沒有火煙了，他也不知道母親是何時仙逝的，下落何處？沒有人可以告訴他，即使他的牧師表哥，周布良也不知道。

他繼續喝著混著泡麵料理包、魚肉與米酒的湯，黑浪也再繼續舔著魚骨，烏雲讓天空呈灰色的天，讓人感覺午後的白光特別短，他繼續喝著，背靠在水泥牆，柴煙很旺，不自覺的過程中，過量的酒精讓他在走廊躺了下來，原先向眾員警暴怒的氣勢像是柴煙糅合成白煙，結實的肉身攤成似是腐屍，任蒼蠅嗡嗡舔食其嘴角，沒有人知道是酒精，抑或是死去的大哥、消失的母親讓他爛醉成這模樣，在夜色降臨之後，只有黑浪繼續守著主人的肉身，真實的一個孤苦無依的人。

「又喝醉了，神經病的人。」隔壁家的小孩跟他們的父母親說道。

深夜，達卡安再次地來到安洛米恩的家，也再次地清理他師父飲酒的杯盤、酒瓶，又進屋添加乾柴，火勢旺了起來之後，再幫安洛米恩披上海水鹹味濃郁的睡袋。達卡安看著沉睡的安洛米恩，想著自己當初被他帶到野性的海洋，讓他現在年紀輕輕即可獨立的在夜間抓龍蝦，那些海浪潮汐，月亮盈缺，雲層淡濃的變化等等的，安洛米恩十分細心地教他，一同抓魚，一同享用，也共同歡笑。然而，有更多的時間是安洛米恩賣掉他的漁獲、他的龍蝦的時候，在空腹下立刻買瓶米酒灌自己，成了他上岸之後的慣性，於是當他甦醒時常常雙手抱腹叫痛。

達卡安認為自己年紀雖小，但在夜間在海裡捕抓龍蝦的時候，安洛米恩不僅很神勇，很有自信，成為自己學習的對象，在海裡完全是健康的。可是，當他回到陸地，在家喝酒，他常常抱怨族人恐懼漢人，喜愛參加國民黨鄉黨部辦的黨員團聚的喝酒餐會，常常在達卡安面前說那些屬於國民黨黨員的族人是笨蛋，說，一到選舉，那個山地人，黨部主任說選誰就選誰，說，選舉改變我們的家族之間的和諧，說，選舉再多也改變不了核廢料貯存在我們島上的事實，許多的抱怨，讓他討厭島上的小政客，雖然如此，達卡安從未因政治的問題跟他辯證，他說，師父我不懂選舉啦，來緩和安洛米恩易怒的脾氣。

此刻，他仔細瞧一瞧酒醉而昏睡的，他的師父安洛米恩的模樣，想著清醒與酒醉時的睡姿差異，睡眠時腦袋是死的，宿醉時腦袋也是死的，說，核廢料貯存在蘭嶼，為何一些人的反應激烈，多數人的感受卻是不痛不癢，沒什麼大不了的，想想自己是屬於後者，屬於不痛不癢的這個群族。問自己，學校考試都是零分，看到書就想撕裂書本，人家說去抗議，他卻想逃避到海裡抓魚，什麼的，如民族的未來、如國家霸權等等，他不僅聽不懂，同時自己的基因幾乎沒有反對漢人的意識，這是零分先生的意義嗎？

可是安洛米恩為何如此痛恨台灣政府？他們同樣是不識漢字的人，反應卻是兩極，他摸摸自己的腦袋，事實上，除去海洋、魚類之外沒有什麼事情是他關心的，他或許比我聰明吧！達卡安想著。聰明與笨蛋或許從學校的考試卷可以證明，但不是全部，那些會念書的同學，在海裡獵魚卻是低能兒，他如此安慰自己。

「黑浪過來，照顧我的師父，啊！」黑浪似是念過人的唇語，蹲坐在主子的腦袋邊。

第二天的傍晚，安洛米恩處在清醒與不清醒之間的狀態，繼續在他家的走廊發呆，黑浪也蹲坐在他面海的左邊，烏雲飄下細雨，風影也飄下比昨夜更低的溫度，安洛米恩穿上汗衫走進鐵皮屋生火，發現鋁鍋已被清洗，同時也裝了清水，火是旺了之後，再把魚乾放進鍋裡，這是他這一天唯一的一頓，沒有地瓜，也沒有米飯。魚湯與米酒混著喝就是他的米飯。

「明天在村辦公處，舉辦黨員春節摸彩大會，獎品很豐富……。」一位老婦人挨家挨戶地宣傳。當她走經安洛米恩家的時候，老婦人跟他說：

「參與的每個人也會發放一隻雞，回饋忠於黨的黨員。」

「Apiyapiya manuk am, apiyapiya o kusuzi?」

（雞肉好呢，還是反核好？）安洛米恩用很不屑的眼神問道。

「Nakem mu sawnam.」

（用你的心選擇。）

「Kamu jyasnek ya?」

（妳不覺得慚愧嗎？）

「國民黨」顯然是一九四〇年出生的達悟婦女最感恩的，一九五〇年國民黨實施山地平地化的政策，一九五八年退除役官兵進駐蘭嶼，成立山地文化服務隊，那位婦女就是其中之一的成員，也讓她的命格轉換，嫁給一位外省老兵，開始了她在蘭嶼為國民黨奔走的歲月。那一年已是她第三任的鄉民代表，對安洛米恩說道：

「Ka tuda raku ya, nu yabu o kokomintu ya.」

（你是怎麼長大的，如果沒有國民黨的話。）

「Xiyabu kokomin tu yam, ta jyavyay?」

（如果沒有國民黨的話，我們就滅族了嗎？）

魚湯與米酒混著喝又激起了安洛米恩的想像，自言自語地說：

「參與的每個人也會發放一隻雞，回饋忠於黨的黨員；三十幾年來，國民黨何時回饋島民呢？台灣有了民進黨之後，每次的選舉有族人投給民進黨的候選人，你們這些人，潘主任等黨工就說我們島嶼有了『叛亂分子』，這是什麼道理啊？難道我們繼續要承受國民黨的霸凌嗎？幹！國家正在欺負我們的人，我們的土地的時候，你們卻說，核廢料貯存在我們島嶼是『國家政策』，不可以反對，你們這些笨蛋黨工。幹！幹！幹！幹！」

「Yana mi Kai-se mi sen-cin-pin iya.」

（他要開始神經病了。）隔壁家的那些小孩低語傳遞地說。

什麼「叛亂分子」，什麼「國家政策」不可以抵抗，核廢料爆炸，看你們敢不敢說，爆炸我們的島嶼是「國家政策」，幹！幹！幹！幹！安洛米恩穿上汗衫起身，黑浪搖一搖尾巴的跟隨主子後腳跟。他漫步隨著腳步的波浪走，在公路上，他憤怒的，幹！……高分貝的叫囂。

冬天的夜，此刻是飄著細雨，濕氣濃厚的涼風，他邊走邊叫囂，「反核」與「摸彩」成為部落裡今夜群聚的小群體的話題核心，而國民黨小組的黨工穿梭在群聚的小群體裡，很費口舌地讚美國家核廢料的政策，很用力地貶抑那群具有民族意識的「叛亂分子」，他們不停地說，「明天是春節模彩大會，還有免費的雞肉可拿。」

安洛米恩從雜貨店買了一瓶米酒，一包菸，沿著公路向東走向村辦公處，三、四位台灣來的便衣刑警也從雜貨店走出來，尾隨在他身後，他若無其事地走著，幹！……他高分貝的叫囂，那些便衣刑警，當然知道安洛米恩是部落人稱的神經病人。

「你們跟隨我幹嘛？我是『叛亂分子』嗎？」黑浪不時地回狗臉看著那些人，警車也不停地繞著環島公路，就差沒有鳴響警笛，警車停下來瞧一瞧安洛米恩，他卻說：「我是『叛亂分子』嗎？」

他就停在村辦公處的小廣場，癱坐在水泥地上，並用牙齒開了酒瓶，順著瓶口喝下大口的酒精，劣質的酒精不比海浪的柔情，然而其內心急流暗潮般的憤怒如是颱風來臨時隆起的駭浪，幹！……「國家政策」、「叛亂分子」，幹！……

「哈哈哈……哈哈哈……」嘻笑的聲音從他對面的房屋傳出來，他分辨得出某個笑聲就是鄉黨部主任姓潘的那位，他走過去，從窗戶瞧瞧是哪些人，濃濃的煙霧，厚厚的酒味從屋裡藉著風影從窗口吹來，他摀了鼻孔，並開了窗子，說：

「Sira kakakong. Yaka nyou masasarai ya, ikongo nyou I rasai ya?」

（各位哥哥，姊姊們，好。你們看起來都很喜悅，不知道你們在高興什麼呢？）

「Kaza dang mu sumagpiyan.」

（閃開，你，神經病人。）

「O kamu mamimin ya ko-min-da-you ya, Hahahaha, mamimina Inu nu kokomintu.」

（哦，全是鄉民代表啊！哈哈哈，國民黨的狗。）

「Kaza dang mu sumagpiyan.」

（閃開，你，神經病人。）

「哦，全是鄉民代表啊！哈哈哈，國民黨的狗。」

「非常快樂的鄉民代表們。快樂的鄉民代表們。」哈哈哈……安洛米恩的笑聲讓他們極度的不悅又不安。

「Nyou I panci yaken a sumagpiyan a ta-u? kanyou jiyasnek ya, ikongo yanyou vazai do jiya ya, inyou rana ya Daiyou yam, inyou mamanong no icya tata-u ta a mi Kan-yi, am yakanyou miyan jya, inu nu kokomintu tu. pei....」

（你們說我是神經病的人，你們真的沒有羞恥心啊，你們在這兒幹嘛啊，你們這些鄉民代表，是你們要帶領族人去抗議，這是你們的責任，你們卻在這兒，當國民黨的狗，呸……）

「Kaza dang mu sumagpiyan.」

（閃開，你，神經病人。）

安洛米恩開了門，並在門口坐了下來，他這個動作舉止是這群鄉代們熟悉的，他不斷地嚷嚷，不時地低吟，自言自語，他們也習以為常了。然而，在這個敏感時刻，他的出現卻帶給他們壓力。核廢料貯存在蘭嶼就要十年了，他們確實根本就不知道，何謂核廢料？核廢料安不安全？如此的問題已超越了他們只有小學畢業程度的知識，更何況那位潘主任不時地跟他們說，核廢料貯存在蘭嶼是國家既定的政策，帶給蘭嶼欣欣向榮的未來，還夾帶著威嚇的口氣。這一年的反核抗議，依然舉著「驅除惡靈」為抗議運動的口號。

「Jyabu nyou angangayan ya.」

（你們一絲用處都沒有啦！）

安洛米恩不時地嚷嚷，確實讓他們喝酒喝得十分不安，他們原來喜悅的氣氛，今夜完全被安洛米恩破壞，也拿他沒辦法。那群男士皆是島上獵魚的好手，他們更理解安洛米恩失去雙親後的這期間，他不僅努力過生活，更是他們認同的潛水射魚的好手，夜航划船捕飛魚好手，雖然他說的每一句話，聽在耳裡想在腦海確實讓他們極度厭惡，身為海洋民族的男性，他們日常生活面對的是土地的開墾，種植地瓜芋頭，在海上獵魚，於是身體的基因、細胞幾乎就是說明與環境相容的生活情感，女性代表也在她們的水芋田、地瓜園付出汗水，她們陸地上的世界。然而，即使到了一九九〇年，他們還沒聽過台灣的知識分子在公開的正式場合，很大膽地說明核能廢料對環境的破壞，為蘭嶼的島民良心發言，他們沒聽過。至於「國家既定的政策」，這一點，他們更是百口千語難辨證，安洛米恩說的，沒有民族意識的一群人，然而何謂「民族意識」呢？即使他的表哥，那位周牧師也沒有知識能力解釋，小學畢業的程度阻礙了他們對自己民族在現代化的種種遭遇，於是就默認安洛米恩對他們的羞辱。

安洛米恩說他們一絲用處都沒有，在面對反核廢、民族抗議的路上，他們確實受制於潘主任所言的，去抗議就是對抗國家，而國民黨黨員身分也是另類的黨殖民的身分，認同安洛米恩說他們是共犯群體。又從他們在地的傳統角度來說的話，安洛米恩是神經病的人，一個正常的有家庭的獵魚好手，欺負不正常的人就是表明了自己的涵養不夠，這是他們不去揍扁安洛米恩的核心，默認承受他的語言霸凌。

「Yamayan si kuyei tu a, tu tamu rana misyasyay, ikaru nu cireng nu icya tata-u ta.」

（這個鬼在這兒，我們散會吧，否則族人也會對我們說短說長的。）

彼時，地方政客喝酒的滷味店，在人去樓空的同時，桌上殘留的滷味成了黑浪的美食，只剩安洛米恩憤怒的眼神與不安的心魂。

「幹！你這個山地走狗。」

潘主任很憤怒，很不情願地騎在機車上離去，對安洛米恩說：

「國家對你那麼好，你卻來搗蛋，明天你沒有雞肉可以領啦！」

「幹！你，國民黨的雞肉是大便啦！」

街燈照明細雨，只見安洛米恩左手提著米酒邊喝邊走，也不時地嚎叫：

「幹！核能廢料滾蛋。」

「幹！核能廢料滾蛋。」

黑浪辨別得出達卡安走過來的腳步聲，汪汪了兩聲，十分的孱弱，彷彿同情主人的醉態。安洛米恩家的巷口是斜坡的水泥路面，他酒醉的頭在下，雙腳在上坡段，達卡安蹲下來聽聽師父的呼吸聲，而後脫下輕便的外套，抱起了安洛米恩，黑浪跟著腳步聲，搖搖尾巴。黑夜寒風正敘述著安洛米恩因頻繁酗酒，讓他原來結實的肉體漸漸朝著孱弱悽苦的歲月。當達卡安把師父抱進鐵皮屋，讓安洛米恩平躺，沒幾步路的時間，他便抱腹屈膝側睡，呼吸喘急了起來，呼出殘聲，達卡安關起了鐵皮門，黑浪此後便躲在細雨淋不到的暗黑角落，等著主人第二天的清醒，守著自己身為狗的忠誠本色。

島嶼的冬天是東北季風的末梢站，達卡安一早去了海邊搜索父親在礁石海溝放置的龍蝦網，從北方吹來的雲層雖然很厚，也飄著細雨，然而美麗的是，他眼前的灰色大海是平靜的，他心裡想著，若是有龍蝦的話，就拿幾隻孝敬祖母。他走經部落的村辦公處，只見少數的中年男子神情凝重地低聲交談，當然的，鄉代會主席是他父親的好友，也是同學，也是當年在學校裡的模範生，很自然的，他的父親就不會參與這一天「驅除惡靈」的反核運動，因為他認同核能廢料貯存在蘭嶼是國家既定的政策，不容質疑。他試著繞過了那些反核人群的眼目，逕自走向海邊。只要父親叫他去收龍蝦網，他就會很勤快地起身走向海邊，這是他最愛的功課，同時也自我陶醉在祖母讚美他的語音裡：會抓魚抓龍蝦才是男孩，將來才會有女人愛，不會念漢人的書是正常的男孩。他喜歡聽這句話。

「Tagahan, sya ma mum?」

（達卡安，你的父親呢？）部落的代表人反問他。

「Ya meingen u velen na.kwana.」

（他的肚子很痛，他說的。）

曲曲折折的礁石沿岸，自然蘊成許多深淺不一的海溝，灰色的海面，微浪宣洩在潮間帶，合著晨間的細雨的氣溫已讓他感悟到如此的海浪，溫度是龍蝦游出洞穴覓食的絕佳時段，這個常識不僅是父親的經驗知識，也是安洛米恩這些年來在海裡潛水傳授給他的，祖母讚美他是個早熟的漁夫，這是他上了國中念書的時候，他逃學的驅動輪軸，潮汐不好在學校，潮汐好在海邊岩洞煮龍蝦當早餐。這已是他的生活的節奏。

他數著，五隻煮給祖母吃，五隻給安洛米恩，八隻給父母親，此時心裡的喜悅，已構成了他均分食物的數學概念，回敬對他友善的親人、朋友。他把五隻給安洛米恩的龍蝦掛在門上，而後快跑回家。

「Ka jini, mangai mi Kang-yi, mu yama?」

（你沒有去抗議嗎？爸爸。）

「Xi rakepen da yaken nu kisat.」

（他們會逮捕我，如果我去的話，警察。）

「Ku mangai mangap su manuk.」

（我要去拿雞肉。）父親接著說。

兩刻鐘之後，他再回安洛米恩的鐵皮屋，此時黑浪起身抖一抖狗身，伸伸懶腰靠近他。他開著門，他感受到安洛米恩，他的師父抱腹側躺臥睡顯現出失去所有親人的孤獨感，一盞只有六十燭光的燈泡，也是一間沒有現代化廚具、電視、電鍋的簡陋房屋，陰濕幽暗的空間散射出幾分的悲涼，三張草蓆大的陋室，進門是安洛米恩的石頭爐灶，爐灶上是他儲放鋁鍋、鋼杯碗筷的地方，與他頭殼平齊的是他懸掛魚乾的地方，身體面海的右邊，太陽升起的方位是極為雜亂的衣物櫃。達卡安心中燃起了真心的同情，唉，這個男人，真是髒亂。

達卡安提了一桶水，在鋁鍋內倒進適當的水量，開始生火。柴薪的火，木柴的煙在小島嶼的上空，在島民開始住進水泥屋之後，如此的柴煙已逐年地減少了，當然達卡安的祖母還健在，他的父親依然用木柴生火，煮他祖母的食物，他不僅熟悉生木柴的火的技巧，他也非常喜歡柴火的火苗被微風吹拂時的飄飄火影。他注視著火影，想著周牧師為了爭取他的祖母接受他的洗禮，當基督徒的時候，周布良牧師給祖母說：

一九八七年已是安洛米恩的大哥去世的第二年了，就達悟人的傳統姓名習慣法，為人父，為人母[2]來說，他的母親已經不可再叫西婻・金珊了。繼而更名使用次子的名字，次子叫沙洛卡斯，她因而更名為西婻・沙洛卡斯。很不幸的，安洛米恩在海上當船員的那幾年，沙洛卡斯聽說是在上山砍柴的時候，靈魂被惡靈奪走而消失隱沒，我上山找了好幾個月，也都找不他的身影，換句話說，她又再次地更名了，更名為西婻・安洛米恩，彼時阿姨信奉了基督教，可是上帝沒有算得很清楚，信教太晚了，安洛米恩在回祖島家之前的三個月，他的母親，我的阿姨也在山裡失蹤了，更悽慘的是，我到現在還沒有找到我阿姨的身影，希望妳，我

2 為人祖父母的稱謂。

親愛的阿姨，達卡安的祖母可以成為我的教徒。

「Apiya, makungo.」

（很好，當你的教徒。）

彼時達卡安在場聽到了這個過程，吃魚的嘴角不時的揚起，露出微微的笑容，此刻他看著火苗，看著滾滾的開水而後放進剛抓回來的龍蝦，最後用木板蓋住鍋口，等著龍蝦被煮熟。忽然間，周牧師出現，左看右看達卡安，久久之後說：

「O, ka mango jiya mu Tagangan.」

（哦，你在這兒做什麼？達卡安。）

「O maran kong, asyou kaya.」

（哦，叔叔好，你怎麼會出現在這兒。）

「Ku itazogaw Xi Ngalumirem.」

（我來探望安洛米恩。）

「Ta ngan.」

（為什麼？）

「Yaku rarahen du Kyokai.」

（想請他來教會。）

「Yapa mitkeh.」

（他還在睡覺。）

「Ikongo mu vazai du jya ya.」

（你在這兒做什麼？）

「Ma nengden su payi.」

（在煮龍蝦。）

「Xi mayou kai, Xi Ngalumirem am, ori kwan mu an.」

（起來的話，安洛米恩，你就說我來過。）

「Nuwun, kajini mangai mi Kang-yi.」

（好的。你沒去抗議嗎？）

「Naji miya a yaken ni Yama ta do tu.」

（祂不讓我去，上帝。）

「Ori yi.」

（原來，上帝不允許你去啊！）

柴煙從門口飄出屋外，安洛米恩分開爐灶上的柴炭，揉著眼睛看門。

「Asyou kaya mu Tagangan.」

（你怎麼會在這兒，達卡安。）

「Ma nengden so yakan mu a payi.」

（在煮你要吃的龍蝦。）

「Ori yi.」

（是哦。）

他穿上汗衫，起身走出屋外去洗臉，又說：

「Yana ci-dien?」

（幾點了？）

「Katengan.」

（不知道。）

「Xiya ni mangai mi ka-yi?」

（族人有去抗議嘛？）

「Nu wun, xiyani mangai rana.」

（有，很早就去了。）

在其體內循環的酒精也是他體內血液裡的波浪，達卡安不知道他的師父何時染上近似酗酒的習性，他感覺到他愈來愈寂寞，也愈來愈討人厭，就算周牧師看出了安洛米恩精神上有問題，也只能求他進教會聽耶穌的道理，他畢竟不是精神科醫生，可是他從未覺得自己的精神有異常，反而嗆周牧師，說，上帝是不存在的……。達卡安在這些年來與他相處，跟他聊天的時候，他有三分之二的談話是他聽不懂的，也許他真的一直吞忍逝去親人的痛苦，而以胡言亂語掩飾其心中的苦悶吧。

話說完，達卡安便悄悄地離去，安洛米恩撈起鍋裡的龍蝦放進木盤裡，並把鍋子拿出屋外，進屋拿出貯放在屋裡的米酒。用鋼杯舀一小杯的龍蝦湯漱口，呸……再裝滿半杯的熱湯，混著半瓶米酒漱飲了一大口，哦……抖一抖腦袋的把背靠在牆壁，時大時小的雨水在他眼前曲折落下，此時起身之後的安洛米恩在飲盡第一杯的龍蝦酒之後，身體溫熱了許多，某種難言的怒氣也在蒸騰昇華，讓顏面的表情與其算俊美的臉呈現出不對等的氣宇。由於是陰霾的天候，讓他不容易仰天辨別現在的時間，黑浪此刻感覺出主子的不悅，於是讓自己乖乖地躲在牠昏睡的地盤，等著主子叫喚牠喝龍蝦湯。

這些年帶著達卡安抓魚抓龍蝦是因為他們在學校的腦袋裝不下漢字，才讓他心魂感受出「同是天涯淪落人」的美感，訓練達卡安為優質的獵魚好手是基於此因的，至於達卡安對他的孝敬，不是他初始的期望，如今卻讓他體會他比親人更為親切的表現，尤其勝過於長他很多歲的牧師表哥。此刻吃龍蝦、喝龍蝦酒的情緒脈動似是激盪在去抗議的族人與去摸彩領雞肉的黨員拉扯的漩渦裡，一個心臟是敬佩去抗議的少數族人，一個肺是厭惡多數的，去村辦公處領取國民黨回饋黨員的雞肉，他認為，這是鄉黨部潘主任蓄意模糊族人反核的焦點，他X的，國民黨的走狗，對著黑浪說。他優雅吃龍蝦的神情是想到去抗議的族人的行為表現，大口飲盡鋼杯裡的酒精是討厭那些國民黨的被殖民黨員。黑浪感悟得出主子的憤怒，還有他柔情的那一面，於是一直靜靜地蹲坐在牠原來的地方。

昨夜的酒精還沒有完全發酵，今天早上又開喝。他打開鋁製的便當盒，數一數盒內的台幣，嗯，還有數百元，他想。那是達卡安送給他的，那是因為他們共同抓龍蝦賣出的錢往昔放在信封裡的時候，常常被某種蟲蛀蝕，新台幣不是缺了角，就是破了很多洞，雜貨店因而不收，達卡安才用龍蝦跟他祖母交換來的，錢的用處非常廣，可是他們不識字，又羞恥於請教他人幫他們開戶，所以直到今天他們還是沒有郵局的存款簿。便當盒內只要有紙鈔，安洛米恩就盡情地花用，認為紙鈔不可靠，忘了蓋住盒蓋，紙鈔也很容易被風吹走，反而讓他煩躁、焦慮。此刻，他握著紙幣，喝完龍蝦酒，並留一碗龍蝦清湯給黑浪喝，他站了起來走路，隔壁家的小孩看著他如祖母似的走姿，一眼便知安洛米恩仍在宿醉。小孩們的父親是被他說成劣質的正常人，是他小學的同學，可是他這位同學比他會賺錢，高中畢業，蓋了二層樓的水泥屋，都在台灣T市做工，小孩留在家裡與他們的祖父母同住，安洛米恩走向他們，說道：

「拿去吃。」

「哇……三隻龍蝦呢！」他們的驚喜，讓安洛米恩些些微笑。

「Ayoy, maran.」

（謝謝，叔叔。）

他坐在村辦公處對面的巷子口，此處可以讓他不被淋到東北風吹來的雨水，用打火機撬開了剛從雜貨店買來的米酒，並順勢喝了一大口，放下酒瓶，點燃一根菸，沉默不語地望著其右眼方向的灰色大海，灰色雲浪凌空低飛飛向海平線，氣候不佳，海面上沒有船隻獵魚，讓出了海洋的寧靜。想著，想著這些人不去核廢貯存場反核抗議，反而在這兒聽潘主任胡說八道，等著殖民者的黨工發放，說是國民黨回饋老黨員的春節禮物——一隻雞。

村辦公處面海左邊是辦公室，右邊是半個籃球場大的空間是交誼、開會的地方，中間則是開放性的走廊，四五人在那兒坐在水泥地上抽菸、閒談，恰好是安洛米恩的對面，神情符合安洛米恩的臆測，「國民黨一切在島嶼大大小小的活動勝過民族原有的文化活動」，尤其蔑視島嶼中生代，潘主任稱的「叛亂分子」，他們也在小喝米酒。他始終認為，被他形容為殘障男的那位老師，他雖然也是黨工，但他的正職是老師，負責教育學齡的孩子們，算是有良知的知識分子，他有理由尊重他的老師。可是他眼前的這些中老年人，是國民黨地方黨部的小組長、黨員，他眼裡最莫名其妙的族人，最不可思議的被殖民黨員。黨員是幹什麼的？不就是走狗嗎！他十分不屑地怒視他們，頗有對峙的姿態，唉！他嘆了長氣，再喝個大口的米酒，再抽根菸，與他們隔著一條公路，開始自言自語的說道：

這個時代已經是善惡不分的年代了，

漢人政權帶來了許多分裂我們民族祥和的毒藥。

我告訴你們，我們是同語同宗同是海洋民族（手指著對面的那些族人）。

我們絕對不是敵人，你們怎麼會如此的笨蛋呀！

怎麼如此的輕易的被欺騙呢？你們的頭腦裝了大便嘛！

一隻死雞肉勝過一桶核廢料嗎？雞肉吃完變大便。

去抗議，反對政府欺負我們、破壞我們的土地，你們卻不認為是應該的。

你們的頭腦裝了大便嘛！

去抗議就是讓台灣人知道我們不是啞巴，

讓他們聽見我們驅除惡靈的怒吼聲，

他X的，你們真的怕國民黨逮捕你們嗎？

國民黨是什麼東西啊！

呸……它會吃掉你們的老二嗎？

呸……

他繼續大口大口地喝米酒，你們這些人啊……，他邊走邊用食指指著他們說，他再次地從雜貨店買瓶米酒，再次地坐回他原來的位置。

國民黨是什麼東西啊！

呸……它會吃掉你們的老二嗎？

呸……

這個時候，活動中心陸續走出了部落裡老中青的族人，每一位的手上都拎著一隻冷凍雞，他搖搖頭說：

「唉！雞肉真的勝過我們島嶼的尊嚴啊！

唉！今天的雞肉，明天就是大便。」

走經他身邊的中老年人，回道：

「Yana ozmyak xiya nituei tu.」

（這個鬼開始神經病了。）

「Obut nyo.」

（大便啦，你們。）

安洛米恩，他的難過在於部落裡的族人，他大哥曾跟他說過的「一群沒有腦袋反思的人」。無論如何，他不理會自己被部落人稱患有妄想症、神經病的人，但他不能理解的是，核能廢料是遠在台灣台北核一、核二，屏東核三電廠什麼的，高度危險的人工核產物的輻射，運到蘭嶼，喂！你們這些人聽著：（拎著雞肉的人停下腳步。）

核廢料若是安全，何須大老遠地從台灣送到我們的島嶼？

因為核廢料有害於人體，有害於環境。

Nyou katenngan manga Sa-kwa.

（你們知道這些嗎？大傻瓜們。）

Nyou jyarilawan o pahad nu pongso taya.

（你們不可憐我們島嶼的靈魂嗎？）

Kamu jyasnek ya,mangap su manuk nu Kokoming. tu ya, Pei...

（你們真不知廉恥呢，拿國民黨的雞肉，呸……）

Obut nyo.

（大便啦，你們。）

雞肉既不正當，又不好吃，傻瓜啦，你們，不知恥嗎？你們。

「幹……」大聲嚎叫，驚動了拎著雞肉的村民，紛紛把眼睛轉向發了瘋似的安洛米恩身上。他坐了下來，流著淚水，再次地大聲嚎叫，幹……這一刻，拎著雞肉的人說：

「他開始發瘋了。」

也是黨工小組長的張老師、鄉民代表周牧師站得遠遠的，看著自己的學生，自己的表弟大聲嚎叫，咆哮，哭泣，想著他們自己在現代性的身分，想著安洛米恩說的這些話，不免讓他們有很深的愧疚，一個是受過漢式師範傳統知識系統的訓練，一個是受過西方宗教神學的訓練，但是打從心底說，他們卻是沒有安洛米恩在民族意識、民族情感方面的深層覺醒，事實上，他們是膽怯於出現在反核群體裡，也是百依國家霸凌而百順的人，安洛米恩很早就看出了他們害怕站在自己民族權益的弱點，這就是他瞧不起他們的理由。當然，今天的活動，他們兩位早已知道，那是潘主任的陰謀，幾乎是恐嚇黨員不可以參加「驅除惡靈」的反核運動。然而，他們卻是選擇站在潘主任這一邊。達卡安在適當的距離都看見了這條馬路上演的故事。

天繼續下著雨，他們撐傘逃避安洛米恩的視線，偷偷離開了活動中心，然而他們在「驅除惡靈」這一役的缺席，參與拎著一隻死雞的這一方，除去安洛米恩之外，他們在反核人群的心中已注定是弱者，肯定是沒有民族意識的人。

參與「驅除惡靈」的反核運動的族人，年輕人載著少數的老年人家，淋著雨騎著機車，從核廢料貯存場一群一群的，逆著雨逆著風，順應島嶼之魂的紛紛回到自己的部落。在自己的祖島，被T縣的警察總長舉牌說，「違反國家集會遊行法」，那群可愛的叛亂分子，他們都聽見了「驅除惡靈」的幾位首腦說道：許多許多的漢族政權與海洋民族相遇的荒謬，幾乎是國家自導自演的，說，這群維護民族尊嚴的人，是「叛亂分子」，T縣的警察總長的腦袋是很有問題。

對自己民族被撕裂的憂心，對祖島的珍愛，天空的雨水，天空的雲浪，風的影子，海浪的心臟已經感受到了。於是淋著雨騎著機車的神情書寫著憂患者的優雅，反觀拎著冷凍雞肉的這群人，坐在滷味店裡的達卡安，都已經看在他的眼裡了，如安洛米恩說的，劣質的正常人，包括自己的父親在內。他腦海低度的想像，可以判決國家把核廢料放在蘭嶼島的政策是霸凌，是錯誤的。

幾位優秀的黨工、鄉民代表，在潘主任的引領下，從活動中心走進了滷味店，遇見了腦袋低度聰明的，經常逃學的，已經是國中生的達卡安，潘主任很殷勤地跟他說：

「你在這兒做什麼？」

「賣我抓的龍蝦。」

「我買。」

「兩千五百元呢！」

「嗯，二千五百元，給你。叫你爸爸來喝酒。」

「好。」

酒精，吶喊，憤怒，以及陰霾寒雨都讓安洛米恩心靈潰堤，肉體疲憊。此時，他已經醉臥在巷道邊，延續昨天的酒精，呼呼地再一次地昏睡。達卡安拿了錢，師父再一次地昏睡，在巷道邊停住想著，看著。兩步路之後用自己的外套披在躺著的安洛米恩身上。他再一次地用低度聰明的腦袋想著「他真的是神經病患者嗎」，然後借了滷味店店主的雙輪手推車。

「Jimu bunbuni u wuwu na, ta makaniyaw.」

（不可以蓋住他的頭，那是禁忌。）

「Ikongo makaniyaw.」

（什麼禁忌。）

「Akmei nima rakat a ta-u rana.」

（蓋住頭象徵是死人。）

「Katengan.」

（知道了。）

達卡安笑著看這些莫名其妙成為國民黨黨員的前輩，還有他的父親，說：

「Sira maran kong.」

（各位叔叔，好。）

他把師父抬進手推車裡，兩步路後，說道：

「我們不是必然的輸家。」

烏黑的雲浪飛得很低，灰色的海面很平緩，風影從北方來，濕漉漉的馬路已經四天了。瞧瞧安洛米恩還在呼吸的嘴巴，眼睛閉著，此刻的雨天，驅除惡靈的反核廢的活動落幕了，冷凍的雞肉分完了，馬路上只有達卡安推著安洛米恩的手推車，還有不離不棄主人的黑浪還在移動，他們正是周布良牧師與張正雄老師在教會走廊繼續聊天時談論的對象。

然而，他們正在享受天宇的寧靜，雨水的清洗，在上坡的巷道轉角，達卡安再次地抱起安洛米恩喝醉的身體進屋，說：

「到了，你的家。」

當柴煙緩緩地從屋裡昇華到屋外的那一段煙色，那確是讓人心情愉悅的青煙，十步路之後，達卡安說道：

「安洛米恩，你不是必然的輸家。」黑浪搖搖尾巴，坐在門邊等著主人的腦袋清醒。

何謂白色的島嶼？
就是我們的天堂。

黑浪已經是成狗了，自信又可愛，看起來也很乾淨。這個時候的黑浪，不僅繼續對主人忠誠，也開始對雜種狗放射出瞧不起的姿態，讓那些雜種狗沒有膽囊經過主人的鐵皮屋。這一天，牠開始帶領安洛米恩，四隻腳前後小踮步地跑在主人前頭，做起了導航員。

黑浪蹲坐在機場轉角的水泥地，彼時已經接近正午時分了，安洛米恩在機場走廊的菸灰缸，例行性地撿起清潔員還沒有清掃的二十幾個菸蒂。被丟棄的菸蒂已經不是私有的菸，是屬於垃圾，他十分自然地放進鋁製的便當盒之後，機場清潔員對於他撿菸蒂的行為已習以為常，但他拒絕他人施捨完整的一根菸給他，認為那是羞辱他。

關於撿菸蒂、拿小學課本紙張捲菸絲這回事，那已經是一九七〇年以前的歷史了。二〇〇〇年之後，飛機、輪船因遊客移動旅行，物資方便運輸的緣故，外來物資已經確定成為島民依賴的生活重心了。因此撿菸蒂、紙張捲菸絲已是六、七十歲的島民的歷史記憶了，換句話說，安洛米恩此時撿菸蒂、捲菸絲抽菸的多年行為，證實了島民富裕了起來，不再撿菸蒂了。這也證明他在金錢這方面的實力已歸於零了，至於便當盒內的零錢，那是他習慣低頭走路，在馬路上撿到的十元、一元等等的。已經上了國中念書的隔壁家小孩說他是「零元先生」。同時他們也證實他潛水獵魚的次數已不再是他每一天的生活節奏，魚，抓得愈來愈少，愈來愈小尾，喝的米酒愈來愈多，酒量愈來愈低。

撿完菸蒂之後，左手握著鐮刀漫步的走向馬路，心裡想的事情是，父母親生前，也是他逃學到山裡覓食果腹的地方，在馬沙暴山的山腰有個他們工作休息的簡易工寮，他想在那兒去整理一小塊的地瓜田種地瓜，如此有了兩塊田，一塊旱芋田，在一年裡的食物即可自給自足，即可延續他不依賴他人接濟過生活的傲骨。他用手指算一算，哇！沒去馬沙暴山工作已二十多年了。我要好好地生存，他念在心裡。

走了無數步的路，他來到了一棵芒果樹旁，停下坐了下來。初秋的陽光就如達卡安的氣質，就是凡事不疾不徐的感覺，氣溫在二十六七度左右，讓很清醒的他神情輕鬆。此刻他在樹陰下拿出便當盒，一張他已經切割好的三角紙張，恰好適合他捲一根菸絲的長寬度。再從鋁製的便當盒拿出打火機，在陽光下透視gas的存量，嗯，還很多，他思忖，抽了兩三口紙捲菸，煙霧像煙囪似的從他嘴裡冒出，他緩緩起身，望一望遠在天涯的海平線之後，開始走小徑山路。小徑其實並非是捷徑，而是在他還沒有出生前就有的，部落的人上山工作的小路，人的雙腳走出的路，走了吃完一個如手掌大的芋頭之後，小路形貌已是被草覆蓋，他想，這種環境說明了，以上的路已是人跡罕至，想來父親的工寮應該還完整，他開始用鐮刀開路，也開始想著自己的生活，以及走這條路的往日記憶。

假如我戒不掉喝米酒的習慣的話，當然，不可能有女人愛我，何況是嫁給我，我或許就這樣潦倒地過日子，堅強，堅強，堅強，安洛米恩。你是航海家族的後代，航海家族，航海家族，安洛米恩，安洛米恩。越過山坡路段，來到了馬沙暴山的底部，黑浪也跟著放慢四肢腳步，他再次坐下來，坐在一個巨岩上，想抽菸，這兒是遠眺汪洋的好地方。黑浪很有教養地不去巨岩上搶主人望海的座位，反而望著山頭，查看對牠是陌生的環境。

十二歲那一年，他還是小學三年級的學生時，父母親帶他來馬沙暴山採收地瓜時，他們總是在這兒吃檳榔、抽菸休息。父親說達悟語：

Naknakem o itetngehan ta, sira do Kafulaw a mankeskeran a Ta-u.
Anu abu rana o rarakeh am, a xi maka veifuo ka rana am,
Akma ka su pongso a jiya arag, a jiya zapas,
Wakai rana yam, ivawei su niya hahapan a among

A simaka veifuo ka rana am, pirpir ruwahen o sisibuwan nu ta-u
Ta avavayin namen pa si namu o jimi wawakai a ta-u
Inawei nu marakep mu uned nu cirang nu rarakeh.
（請記住我們獵魚家族的名字是卡夫烙，是航海家族
老人家逝去後，你長大成人時
願你如巨岩般的堅強，不自甘墮落
關於地瓜，它是配合魚類的食物
長大成人時，你必須繼續種植我們辛勤開墾的土地
我與你母親要詛咒懶惰的孩子
但願你可以牢記老人家的語言）

他繼續遠眺此刻既不是湛藍，也不是灰藍的海洋，天空也不是水藍天，雲彩也非潔白，他始終以為自己是世上最會作美夢的人，他始終用達卡安的特質來理解今天的氣象，那是因達卡安沒有過大喜的狂笑，也不曾有大悲傷的嚎哭，人的悲歡離合說是人類自己的情緒營造的，富有的人最缺的是沒有真情的悲傷，親人在死亡的那一刻就是思考搶財產的開始，腦袋思考的紋路都是錢的影子，因此就沒有真情的悲憫，

哼……他笑了，看看黑浪，他認為達卡安這個觀念好像是正確答案，於是對黑浪說：

達卡安屬於低度聰明的人，況且又是零分先生，這幾年去了台灣賺錢工作，我認為他的聰明有進步，但是寫漢字還是跟我一樣一直退步。他如果在島上的話，跟我整理我家在這兒的工寮就會快，當然，他已經幫我很多的忙了。他長大了，假如他回來祖島的話，我決定跟他說我們航海家的故事，還有我去菲律賓抓魚的經歷，會訓練他划船，在夜間捕飛魚，在海上教他看天空的眼睛，傳授給他風的名字。黑浪，你知道達卡安何時回來嗎？當然，你是狗，不可能知道人類的知識、人與人之間的感情的。黑浪，我告訴你，達卡安去台灣賺錢，漢人就來我們的島嶼賺錢，不要說核能廢料帶給我們數不清的危機與隱性的災難，其實漢人來我們的島嶼蓋民宿，蓋餐廳，他們不是帶來進步，他們跟國家一樣，都帶來我們眼睛看不見的災難，他們的來，跟核廢料貯存場一樣的目的，就是拐騙我們的土地。黑浪，我跟你說，我們的未來將是噩夢，不可能是美夢，想到這個難題，我的頭就會痛，算了……。今天，我先整理好我的工寮，過幾天以後，我再整修父親留給我的拼板船，好嗎？黑浪。我的心情很好，就如今天的天氣，讓我血液通順。走吧，黑浪，我們去工寮工作。

路，人走出來的，今天的路已經被雜草鋪蓋，被他腳下的土地長出的蔓藤覆蓋了樹梢，翠綠的而糾纏千條的蔓藤藏匿著赤尾青竹蛇，小學時期逃學逃到工寮的經驗，讓他在野性的自然環境學習到不被赤尾青竹蛇攻擊的知識，然而黑浪比他更厲害，在他前面與蛇戰鬥，他迅速地用鐮刀背面擊碎蛇頭說，我殺蛇的目的就是自己不可被毒蛇咬，哼，魔鬼的寵物。約莫他走了五十公尺的上坡路段之後，他抵達了工寮，就在那一刻的時間，他念咒語，黑浪仰著牠的狗臉，豎起耳朵，聽主人的咒語：

Yaku katengan, inyou ri a meiraraten a naito,
Tesnuoy ri, yaku nizakat so vinnyay
Amugawon nyou yaken, niyaniyahen nyou yaken am
Cinalulut ku I tukzuos ku su atai[1] nyou
Su ipakarayi nyou do piwalawalanan ku
Ta makaxi kamu, kezpasen ku su kata u ta u.
（我知道，那是你們，邪惡的魔鬼
活該，你們，殺了你們的動物
你們如何害我，如何恐嚇我

1 Atai，達悟語是腎臟，刺穿腎臟的意義是，不會立刻取你的生命，給你機會反省，讓彼此平安。

我的長矛將刺穿你們的腎臟
請你們遠離我開闢的路
你們將很可憐，被我的刀切一半你們的身體）

他把殺死的幾隻蛇掛在樹枝上說，活該，魔鬼的動物。黑浪嚎叫汪汪了幾聲，看著主人，安洛米恩環視被蔓藤覆蓋的工寮，腦袋很正常，眼眶泛淚地說：

Ina, Yama, oyaku rana do sarowap ta.
Yapiya pa o naka vahavahai.
Oyatan nyou yaken mei walawala
Kagza na nu vazai ku a kumavus
Pirowan ku a wakayin.
（媽，爸，我來了
工寮還算完整
求你們給我整理工寮的力量
讓我的工作順利完成

繼承你們的力量種地瓜）

他家在工寮面海的右邊先整一塊空地，讓自己、黑浪坐下休息。秋季的午後陽光是柔和的，他抽著紙捲菸，看海，又看黑浪。你說說看，黑浪：

這幾天達卡安會不會回來祖島抓魚？
你有沒有預感？
你是狗，你會不會感應到他的靈魂會來
唉呀，其實我跟你說話
你也不會回答我
你是狗，我是優質的人類
對不對，黑浪

黑浪汪汪了三聲，好像在跟主人表明，說，別瞧不起我。哼……我理解啦！他笑了。哇，我肚子好餓，看著黑浪說。陰涼的樹蔭下，泛黃的樹葉，讓他吐出的煙雲特別的青藍，他站了起來望一望不怎麼灰暗的海洋，他一邊清理除掉工寮面海的蔓藤，雜草，也一邊回頭看海，而後看看太陽，想著，此時應該是下午還不到三點的時間。清理了一半，再對黑浪說：

「Tana.」

（我們走吧！）

在回家途中，他再一次地用鐮刀清理他走下坡的小路。當他走到人們經常走的，比較乾淨的那一段路的時候，他轉身看看自己清理的那一段長長的新山路，他在飢餓的同時，很喜悅地看見自己的小小成績，那一段上坡路超過一百公尺長，想著明天再來，後天再來，這一段路就會回到路成為路的面貌，他的感覺是滿有成就感的，同時在山裡有了自己的地瓜田，有個工寮，如此自己可以過獨立的生活，如此他自己就可以減少部落討厭的人給他斜眼的眼睛，或者說是，減少看見被部落的人瞧不起他的眼睛，或者說是自己不想見到那群徹底沒有民族意識的正常人，厭惡國民黨黨工下鄉說是拜訪黨員，其實就是狂飲一場，哼哼……黑浪，我們的路是我們自己走出來的。我們去我們在海邊的祕密基地，好不好，黑浪。黑浪搖搖尾巴，他認為，牠理解他現在說的話。

妳是深夜的情人
汪洋深情
僅僅封鎖著我的心
妳是海洋的流星
妳是深夜的情人
天藍深邃
妳為何封鎖我的心

這是他大哥寫在張大春《四喜憂國》蝴蝶頁裡的一首詩，寫給他的情人。他喜歡這首詩，他背了起來，念起這一首詩，感覺大哥就在身邊似的，當然這些漢字他是認識的，只是不會寫。他知道，他的大哥熱戀那位島上A部落的少女，思念透過流動的海為郵差，給在台灣的她，無數次的性愛，無奈兩人沒有生小孩的命格，讓他喪志，也因此而自殺的。想到此，他每一次的下海潛水就變得很安靜，變得很優雅，此時，黑浪覺得牠的主人，並非是部落的人稱的神經病患者。在他們的祕密基地，他脫下破舊的短褲，裸著上身，留住已破了洞的髒內褲，緩緩地走向海邊。把魚槍拋向海面，而後在蛙鏡裡吐一口唾液，撈一點海水洗鏡面。

Tuka ngiyan do saruwap ta,
jya ta makei akyi ku.
Mi tukzos kupa su yakan ta.

（你就在那兒
我會很快上岸
我去潛水抓我們吃的魚）

這些話，黑浪已聽了許多年，現在的牠，已經是成狗了，同時，當其他母狗獸性發情之時，黑浪往往是第一順位取得交配權，其他的土狗，在黑浪完事之後，才索然地繼續等待母狗再次發情的時段，此刻牠在陸地，看著在海裡的主人，他很輕盈地拍動蛙鞋，身過水無痕，海底景象卻是愈來愈熟悉，扯下了經常幻覺的腦紋面罩，他一一搜尋他在海底的魚庫，藍海是什麼樣的水世界？幸福停留在自己的身上是如此的短暫，父母親呵護他的面容的記憶，浮現當他在海裡獵魚的時候，回到不移動的陸地上就會抹去他們存在的記憶，如此的感受，他經常跟達卡安說他內心的迷惘與無助。在海裡，每當射到一尾白毛魚，母親年輕時的美貌便映在魚身。此時說自己是，海裡的一隻白鷗，是水世界裡的孤獨舞者，他再次地潛入海裡，肚子的飢餓卻讓他吸足了混合氧氣，可以在海裡潛得很久，他又射到了一尾如他肱部長的石斑魚，老漁夫就是老漁夫，經驗的豐富讓他節省了許多無謂的體能消耗，射了七尾的，約莫都在三斤以上的好魚，再射兩尾好魚，他如此盤算。

海，讓他夢醒，是存在的頓悟，帶給他孤獨的笑。

「追尋，追尋著魚的精靈，卻追尋不到自己的愛人。」

他再次的拱著飢餓的身子，輕拍蛙鞋頭下腳上的再次地潛入，他飢餓的肚皮被一個大氣層的壓力擠壓，魚兒從海底仰視宛如一張紙的薄的身影，拍蛙鞋的雙腿如是洩了氣的氣球，軟綿綿的，在八公尺、十公尺他停住，轉個三百六十度的身子，雙眼，嗯……只有魚兒在灰色水世界的，Duk Duk的歌唱。此刻的他在寂靜的水世界，他盡情的鬆弛與恣意的自由，就如一隻失去了伴侶的野雁，恣意的自由其實是一雙最為脆弱的翅翼，視野雖然遼闊，無奈卻沒有伴侶相隨。他的右手貼在胸前，拍下蛙鞋，右手又挖一瓢、兩瓢無色的海水，身體就這樣的如海鷗俯衝下去，趴在海底瞧一瞧洞景，他的其中之一的魚庫，喔，白鰭鯊的尾巴，想在心中，瞧一瞧，嗯，不到兩公尺長的魚身。這種鯊魚，他在菲律賓呂宋島的東北角不知殺了多少尾，此時他想讓牠，嗯，是公鯊，昔日我是殘忍的漁夫。他二話不說的立刻戳了鯊魚的生殖器，白鰭鯊如是被魔鬼海膽的有毒尖刺刺得疼痛，生殖器被戳的剎那間，心臟怦怦跳的感覺，瞬間驚嚇得擺動尾翼，呵了一聲，飆出洞口，此讓洞口前的潔白沙丘如是螺旋引擎攪拌成的碎浪，水世界濺起了數百億的細沙，混濁了他眼前的水域，即刻引來許多水彩般繽紛的熱帶魚，浮升浮沉的爭食，如是沙丁魚般的焦躁，就在剎那的那一刻鯊魚筆直衝刺到十海里外，沒有回頭，神思縈迴的優雅遁逃，牠，沒有跑，因為是在海裡，牠確定是用前雙翼平衡，尾翼狂拍的飛馳，消失在更深邃的海底裡的海平線，牠，外貌所有給人類看的撕裂人肉的飢餓殺氣，幻化成了剛出生的公犢，被他戳得驚嚇，鯊魚的生殖器變得無辜的溫柔了。安洛米恩，此刻從鼻口冒出的氣泡是他最美的笑容，從十二公尺的海底開始浮升，十公尺，六公尺，三公尺，氣泡似是海底地氣隨他浮升，在海面也化成了無色的水，他被擠壓的身影像是春分初露的曙光漸漸漂浮，那是沒有雜質的笑聲，哦……吸了一口氣，道：

「Tes muri.」

（活該。）

「你不是美麗的魚類。」

他呼氣吸氣，調整心臟脈搏的跳動，想著鯊魚與人類在星球裡是屬於劣質差的畸形動物，是一對不曾終止弱肉強食，歧視弱者的本性，尤其是人類，想著，這兩種動物都是主動攻擊他者，合法化強者自身欺壓弱勢群族，天生不是弱勢的他，他十分厭惡強者欺弱，多數者壓少數。哼……鯊魚，哼……漢人。

遇見不該遇見的，島民傳統概念認為是惡靈的化身，如鯊魚、魟魚……等，那種潛規則就是回頭上岸。遇見鯊魚，他也認為，那是阻止他繼續獵魚的意思，同時二十四、五度的水溫逐時消耗他沒有防寒衣的肉體，嗯，他繼續微笑，霎然是某種勝利的愉悅感覺。

回頭是岸，仰頭看看太陽，陽光照射海裡的光透射水世界，在四十公尺的深度，他依稀看得清楚水下魚類悠悠的無慮樣，嗯，能見度真好，不像菲律賓北部海域，只有六公尺的能見度。舒服多了，他的身體也是有那樣的感覺。

他回想，今天他殺死了幾隻蜷伏在樹梢的蛇，認為山裡的惡靈，此刻正在品嘗佳餚，因而特別禮遇他，給他潛海的好運氣，比前些日子的收穫多太多了。他神情愉悅地轉過突出海面的幾個礁岩，游到了上岸前的馬沙暴海邊的石礫，他忽然聽見黑浪在汪汪地喊叫，他摘下面鏡，看看左邊的潮間帶，也就是他的祕密基地的前方，忽然出現一位皮膚細嫩潔白的，穿泳衣的一個女人。哇……這是怎麼一回事啊！他頓了一會兒，他舀一掌海水，清洗眼屎，而後左右環視了幾次，搖一搖腦袋，想著，我死了嗎？怎麼會有女人？

黑浪，他說。

汪汪，牠說。嗯，我沒死啊！

我在呼吸，

我在海裡，

我的心臟在跳動啊！

怎麼會有女人？

他輕盈的眼眸，睫毛還沾海水的，優雅地看那位女人，那位女人淺淺的對他微笑。他提著蛙鞋，背著魚走向他的洞窟。那位女人還在洞窟前，在清澈見底的淺海繼續淺淺地對他微笑，她看見他的漁獲的時候，尖叫地說：

「Ah, sakana... sakana...」

（啊，魚……魚……）

安洛米恩忽然開懷地說：

「Nihongjing ka?」

（你是日本人嗎？）

「Hi, Nihongjing.」

（是的，日本人。）

從早上一直到這一刻，安洛米恩還未進食，遇見真實的女人，生理更是飢餓，飢餓得想狼吞虎嚥。在距離她一公尺的左方石礫，安洛米恩把一塊扁平的石頭放平在兩個石頭中間，而後再拿一粒較大的石頭，左手做出丟的姿態，用力敲擊那塊扁平的石頭，即刻一分為二。他拿一半，另一半就放在魚的旁邊，然後開始用石頭由尾巴刮起魚鱗，他專注地刮。那位女人也專注地看他，他習慣裸上身的身材，依然可以看出過去是練家子的體格，可是他潛海游泳穿的內褲就寒酸許多了，彷彿淺紅色變成了暗紅，但他並沒有在意自己穿得鬆鬆垮垮的內褲，他理解，男性生殖器是製造幸福的工具，同時在大都會，「牠」也是災難製造者，他刮完魚鱗，拿了刀子，開始解魚，剖開內臟，他熟練的動作吸住了那位女孩的眼神。他抬起眼看看她，想問她叫什麼名字，無奈他不知道日語的貴姓怎麼說，只好說：

「Wata siwa Xi Ngalumirem.」

（我是西．安洛米恩。）

「Xi Ngalumirem.」那女孩念了一遍，重複念著mirem、mirem、mirem……

「Hi, Mirem.」她指他：

（是的，米恩。）

「What’s your name?」他忽然說英文，她立刻回道：

「My name is Kyoko Miyazawa, you can call me, Kyoko.」

（我的名字是Q果・米亞紮瓦，叫我Q果。）

「Oh, your name, Kyoko.」

（哦，你的名字是Q果。）

「Yes, Yes, Yes...」

兩人四眼對視，笑出了好印象。Q果從海裡走向他。「游泳衣，游泳褲」，真的，她的皮膚很白，是真的女人，暗想在心中。她盤腿坐在米恩身邊，看著他解魚，走到海邊清洗魚內臟、魚身，而後回到原處。米恩用食指擠出魚眼，而後往嘴裡吃，一個、兩個、三個魚眼，Q果面對瞧著米恩的臉說：

「Oishii?」

（好吃嗎？）

「Oishii ne, sasimi, kori.」

（好吃呢，魚眼。）

Q果側身一直笑地看著他，她看米恩生食魚眼好像真的好吃的感覺。米恩在用左手食指擠出魚眼，試著給Q果生食，Q果一直笑著，露出沒有生食過魚眼的潔白牙齒，她再次說：

「Oishii?」

（好吃嗎？）

「Oishii ne, sasimi, kori.」

（好吃呢，魚眼。）

哈哈哈哈哈……

她鼓起最大膽識，說：

「Okay.」

米恩擠出石斑魚眼，Q果張著牙齒，女人美妙的雙唇是如此的近，如此的紅潤，真想狼吞虎嚥她，米恩心裡幻想著。石斑魚眼如大拇指指甲般的小，Q果閉上雙眼，張開雙唇，露出上下齒，米恩於是說：

「Okay.」

「Okay.」

這剎那間，米恩心理在糾纏，親吻，抑或是魚眼，那是在極短的秒數做出判斷的，嗯，他打住，卸下親吻的歹念，他輕輕地把魚眼貼在Q果的，讓人想撕裂親吻的雙唇，嗯……Okay、Okay……Q果的雙唇在蠕動，門齒牙縫潔淨，哇！仙女下凡，米恩幻想在心中。魚眼在牙齒間瞬間進入Q果嘴裡，他張開雙眼，嘴裡的魚眼如小彈珠般地難夾住嚼咀，她伸出食指，把魚眼固定在智齒，嗯……嗯……

Oishii ne, Oishii ne...

米恩若無其事地繼續生食魚眼，而Q果咀嚼的反應很好，他們就這樣十分自然地把所有魚眼生食完。

這一幕，太陽離海平線約是三十公尺，降下到離十公尺。米恩起身走到洞窟，在淡水邊清洗鋁鍋，心裡說了一句話：「謝謝你，達卡安，你不在。」鋁鍋放了適量的淡水，再舀一瓢海水，放進約是三斤以上的三條魚，而後打火機點燃乾的蘆葦，開始生火。

被點燃的蘆葦放進爐灶，他再添些大小不一的乾柴，Q果轉身察看被米恩燻黑的洞穴，說道：

「You, one?」

（你，一個？）

「Yes, one, me.」

（是的，一個，我。）

青色的火煙從石縫竄出升空，再次地吸住Q果的目光，她想，她來自日本東京，來蘭嶼的目的，就是要看東京沒有的東西。柴煙，生火，她沒想過，更沒有看過木柴之火，是這樣燃燒起來的，更讓她開心的是，她未曾有過的經驗──「生食魚眼」。乾蘆葦、乾柴是在地伸出手腳就有的東西，跟瓦斯爐一樣的功能，可以讓食物由生變熟。然而，此時此景此人，就是她夢想移動到蘭嶼的心願，脫離都市的空間，大樓擠壓的心靈，遠離東京都市對人性的壓縮，地鐵裡的沙丁魚，肉身相貼卻是最陌生，最漠然的生活指數，所以她遠離。

夕陽下了海，Q果跟米恩做出再下海游泳的姿勢，米恩指著大海，好像在說，海就在腳下，去吧。不到十步路的時間，Q果上岸，並坐在抽著紙捲菸的米恩身邊，Q果接下米恩的紙捲菸，嘴口一吸，即咳嗽起來，米恩很自然地拍拍Q果只穿內衣的肌背。米恩幻想著，我怎麼會摸她的皮膚，白白的，一切的一切的真像是他常常患的幻覺，怎麼會是真的呢！米恩搖一搖腦袋。Q果脹紅的臉恢復了，她擦擦淚水，笑著看米恩。

安洛米恩起身整理火勢，Q果也起身走回她的登山背包處，用手摸摸東西，取出一包七星菸。米恩用木柴前端的紅炭幫Q果燃燒七星菸，也幫自己點菸。七星菸味，他好久好久沒有品嘗的香菸，此刻想的是，自己依然是最為貧窮的年輕人，味道比紙捲菸好上百倍。米恩吸著菸，而後向Q果指著他掘挖的淡水槽，恰好可以容納一個人。淡水槽，是米恩掘挖的，就在洞穴面海的右邊，她於是走著去沖淡水，她裸身背著米恩洗頭、洗身、洗腳，此景看在米恩眼裡，就像他的狗黑浪伸出想吃魚的舌頭，滴出了口液，這是真的嗎？他再次地質疑自己的雙眼。太陽下海了，礁石的影子拉長了，秋分的溫度也降了，米恩偶爾斜視在洗澡的Q果，她很自然，很享受涼涼的水溫。

嗯，Q果舉起大拇指，面對他，婷婷而美麗胸奶如小玉西瓜，Q果就在他眼前擦乾白皙的身子，換上運動短褲、T恤，此時米恩已經把魚肉從鍋裡取出，放在木盤上了。魚湯、魚肉的蒸氣好像敲開了Q果的食欲，即使她在日本某地野餐，也沒有此刻的美好，就是說，整體環境的氛圍完全是自然發生的，Q果的身體語言，她甜甜的笑容，他淺淺帶憂鬱的面容，魚肉魚湯、岩洞、星空、微風讓他們處於最自然的相遇，一絲陌生感也沒有，這對於從東京來的Q果，是完全的卸下了都會人慣有的戒心，包括自己的女人身體。黑浪在一公尺外的空地等著主子的使喚。Q果接過米恩給她的椰殼碗湯，笑容甜美的又說；

「You, one?」

（你，一個？）

「Yes, one, me.」

（是的，一個，我。）

米恩閱讀Q果吃鮮魚肉，喝鮮魚湯的優雅吃相，心中想著，她是個有教養的小姐，他因而也放慢了吃魚的速度。Q果口中不時說，Oishii ne（好吃），Oishii ne（好吃）。原來從山上下山去抓魚的米恩，其實他是非常飢餓的，去潛海抓魚是他的經驗告訴他，午後的潮水穩定，還有水世界裡魚身舞影誘使他下海的，但無意中卻來了Q果，這個陌生人，不知是從哪兒得知這個他的祕密基地，是否是，她也想找個祕境安靜呢？此景好像是他過去曾幻覺過的，這是真的嗎？Q果笑著看米恩，Oishii ne（好吃），Oishii ne（好吃）黏在她同時吃魚、喝魚湯的嘴，她嘴角嫵媚的淺紋裡，他感覺Q果是念書人，嗯……Oishii ne、Oishii ne，米恩也學著說。他們的笑聲和著宣洩的微浪，重複Oishii ne……，他們的心思如天空的眼睛，繁星很清澈，吃著喝著感覺柴炭溫柔了起來，Q果直瞪著爐灶上的紅焰，魚骨、少許的魚湯，米恩把這些放進黑浪的漂流來的塑膠盤，然後再把喝不完的魚湯放回爐灶上。此時Q果遞了一根七星菸給米恩，米恩用柴炭燃燒乾蘆葦，用此點燃Q果嘴邊的香菸。他們都吃得七分飽足了。

夜色漸暗了，赤紅的炭染紅Q果細嫩的雙唇，唇間冒出了煙雲，米恩也移開了蘆葦紅炭，黑夜模糊了彼此清晰的面容，鎖在影子的移動，此時他們躺在石礫上仰天吐煙，欣賞夜空繁星，黑浪也在米恩身邊望海。米恩不會說日語，Q果也不會說華語，然而他們跳動的心臟似乎在等待微風篝燃青年男女應有的欲望，此時Q果指著天空，說道：

「Beautiful sky.」

（美麗天空。）

「Yes, sky beautiful.」

（是的，天空美麗。）

安洛米恩知道Beautiful sky，這句話是他在菲律賓抓魚的時候，從菲律賓漁夫學來的。他抽著菸仰天，他的胸膛對準天空，跳動的心臟鼓動肌膚像是移動的雲浪，Q果的右手掌撫摸著飢餓的肚皮，他也很快地順手抱起Q果，兩人處於極度的飢渴，如是搜尋獵物的花紋鱸鰻，奔放著無聲的樂曲，說是遲，那也是快的，初回合的情欲如喝魚湯，很快的結束，然而米恩像是調情高手的樣子，飢餓的狼在夜空的助興下，很溫柔的招待這位遠方來的陌生之客，鮮魚湯、鮮魚肉是他們性欲的河口門戶，提升體溫，卸下心房的媒介。他雙手抱著Q果到水槽，兩者赤裸著身子泡水。這是米恩第一次接觸如此乾淨的女生，如此美而豐腴的日本人，Q果此夜的初品嘗也是初次的與非日本男人的相融，兩人許多的契合原來就是純純的欲望，尤其對安洛米恩，在其內心深處，真是莫名其妙的相遇。他輕撫Q果的身子，他無法言語，Q果把頭依在米恩為她準備好的石頭枕，黑浪很識相的一直枯坐在牠原來的地方，此刻Q果享受米恩飢餓似的服務，魚眼在她的嘴裡如彈珠，米恩的舌頭在她如彈珠小的乳頭盤旋，讓她情不自禁的呻吟了，米恩因而伸出野狼般的舌的極限，他已三十好幾了，這是他多年來的第一次，嗯……嗯……Q果低音呻吟著，夜空，微浪，此刻在野外，沒有水泥空間的壓縮，沒有電燈的困擾，只有野性環境的助興，無拘無束，讓他們盡情的呻吟著人性初始的性需求，此無關於道德、無關於國籍，無關於陌生，而是野性環境的舞台是沒有疆域的。Q果躺在鵝卵石上敞開肉身，心魂，撕開性欲需求的禁忌，同樣的，米恩仰望天空的眼睛，說，Mina sasadangan（天蠍星[2]），你看見了嗎？他配合著身體宣洩的微浪節奏，膝蓋與鵝卵石摩擦，沒有疼痛，嗯……這是野性海洋的自然律動……

米恩知道自己是無神論者，但他認為Q果是他這一生，上帝捐給他最極致的禮物，他心裡念著「Ayoy mu ama dutu」（謝謝，天上的父親）。米恩聽見Q果跳動的

2 Mina sasadangan，達悟人的星座之一，末端如果有很多的小星光的話，航海家族的說詞是，象徵飛魚很多，食物豐腴。

心，耳膜聽見Q果輕聲的呻吟，所有的劇情從天黑以後就開始進行的。何時結束，看在黑浪的狗眼裡，忌妒了米恩人性的極致表現……

黑浪舔著米恩的臉，天換亮了，嗯……安洛米恩最清醒的一夜，醒來的時候是一絲不掛，他坐了起來，隱密的地方，讓他從容起身。Q果把她的運動褲掛在洞口，還有五包七星菸，已經不見蹤影了。米恩怒視黑浪說：

「Muji youkai yi jiyaken？」

（為何你不叫醒我？）

黑浪搖搖尾巴，彷彿在表演地說，有，你只是太累而昏睡了。他想了一想，嗯，好像我五次，他說給黑浪聽，嗯，五次。他還在回味，回味甦醒前發生的事，怎麼會這樣？怎麼會這樣？他起身環視洞口，查看洞內的魚乾，爐灶上的木炭，完整如昨夜，她只帶走了她的東西，她的身體，還有她的呻吟，走了……。這真是一場難忘的夢，真的是夢嗎？是我的幻覺嗎？他用力摑自己一掌，「Nga」，他慘叫一聲，嗯，昨夜是真的，Q果的體味還留存在他的胸膛，有股甜雅，清淡的芳香，嗯……美，東京的味道。此時，他想想Q果是不是出去環島了，也許傍晚會回來吧！米恩就這樣在他的洞窟發呆了一個早晨，抽完了一包七星菸。

走吧！黑浪，我們去工寮工作。

天氣一如昨天那樣的宜人，他們再次在上坡巨岩上休息望海，米恩打開便當盒，把一根七星菸截成兩半，把連著菸蒂的這一節點著抽，腦袋繼續甜美地回憶天亮之前與陌生女子的，不可能再次發生的肌膚摩擦之歌。真是一場夢，他很肯定地說。他與黑浪走著走著，就在幾步路的時間，當他一想到明年的飛魚季沒有地瓜可以吃的時候，他立刻起身與黑浪走到工寮，他深深地體悟到三十多歲的他，甜美的事物恆常遠離他，這是他認為上帝不公平、不存在的原因，除了天亮之前的這個事情外。

他繼續昨日的工作，先清理工寮四周的雜草，纏繞的蔓藤，這個工作很讓他費體力，整個工寮的寬度約是二．五公尺，長度大約也在三公尺，花了整個下午的時間才把外圍環境清理完整，最後在樹蔭下坐了下來抽菸，他滿身的汗水被涼涼的秋風很快吹乾，回頭看一看已經露出原貌的工寮，不難想像的是，層層的蔓藤保護了鐵皮使用的壽命，這讓他安心多了。他面對工寮，站了一回兒，輕聲地說：

「爸、媽，我回來了。」夢回是悟，孤獨依然圍繞著他的身影，還有他那傲慢外表，軟弱的意志。明天再來，他看著黑浪說。

他們在下山的途中，米恩在表哥周牧師的地瓜田採收了五個地瓜回他們在海邊的洞窟，他心裡想的是，期待Q果的出現，有魚有地瓜是完整的晚餐。

門是開著的，某種期待的喜悅，就是Q果躺在那兒，他輕盈地踩著鵝卵石，身子放自然，米恩彎腰看門內是誰，達卡安裸著上身大字形的呼呼大睡。

「Asyou xi Tagajan ya?」

（怎麼會是達卡安呢？）

米恩的剎那表情是詭異的，「怎麼會是達卡安呢？」是驚喜，達卡安的出現是他企盼已久的事，失落是，他心中盼望的是Q果再次出現的身影，這是在一條線的兩端的情緒反射，兩天兩件事，完全是巧遇巧事。

對於達卡安，他需要他的勞動力，他雖然才三十多歲，正值顛峰，不過常常的飢餓卻讓他體力提早衰退，常常感覺胃部的不適，於是達卡安的忽然出現，正是他整理工寮需要的好幫手，或者是愈來愈依賴他了。此時，他早已忘記逃學，零分先生，他被自己的傲慢，自己的航海家族傳說逼到孤寂，嗯，航海家族的傳說，他還記得清晰。然而，Q果怎麼失蹤了呢？他伸出舌頭繞嘴唇，他心裡有種寬慰，Q果體味的回味，迄今他三十多歲的頭腦唯一最清醒的一夜，可是即刻感到困惑了。他確信，Q果是優質的正常女人，他跟她在昨夜的舞台戲，他想，不是他的俊美與結實，而是夜空星語，微風微浪的助興，認為是時空環境撮合的，不想她了，說在心中。

「不想她」是不可能的，「想她」，她也不可能出現。在清洗地瓜之後就枯坐在洞穴前的鵝卵石上，觀賞眼前的無色的海，即使天黑了，他也毫無感覺。所以Q果的忽然的出現，突然狂奔爆瀉的精液，讓他身心俱疲，好像得了心臟肥大症似的，讓他呼吸困難，睡著了。

那一天是部落族人在大清早，在灘頭舉行Pazus的儀式[3]，儀式舉行完畢之後，安洛米恩帶達卡安上山去工寮工作。秋風涼意雖濃，然是陽光充足，正午之前日曬攝溫約是二十三度、二十四度，馬沙暴山腰燃起了熊熊的煙霧，濃厚煙霧在山底蘊成沿

3 Pazus，達悟民族依據生態時序的儀式祭典，之前稱之manuyoutuyoun，此意義是把年度的飛魚乾吃完，祝福海洋回到它的寧靜，祝福人類跨進飢餓的冬季。Pazus約是陽曆十月、十一月，此後稱之「等待飛魚的季節」，pazus就是達悟人遙祭祖靈、族魂之日，凡有拼板船的男性都必須去海邊傾聽耆老們的商議陸地農事，第二次的部落議會，第一次是在飛魚招魚祭，討論漁事。因此，傳統上，沒有船隻的男人就不是男人，就是沒有參與「漁事、農事」，屬於殘障男人。

著淡綠的山溝山巒迅速昇華，煙霧也迅速地被風影從山頂帶到灰藍海洋，之後成為無色無味的空氣了。安洛米恩看著雲浪、煙霧相容時的變換，嗯，他的喜悅是煙浪的不規則的美，如自己的性格似的。

邁入成年的達卡安回家說是因為等當兵通知單，其實，他更想做的事情是，與安洛米恩抓魚抓龍蝦，吃鮮魚，龍蝦湯摻米酒喝。約莫十五平方公尺的雜草，蔓藤在很快的時間裡幻化成灰燼，露出了土地的面貌、工寮的形貌。達卡安迷戀於觀賞濃煙瞬息化為無色，行動迅速地撿起日前安洛米恩砍的雜草雜木，濃煙、淡煙的交替隨著風影起舞，逗得他開懷飽足，與此同時安洛米恩進屋整理，就在門邊殺死了三隻粗大的錦蛇，並丟進熊熊的烈火，肉焦味化成詭異的臭味感覺，令達卡安心魂不安。

「Tagahan, jyana pala.」

（達卡安，過來看看。）

那是一張龍眼樹製作成的木板床，平面光滑結實，是工寮裡的睡床，有一具正面向山頭，背著海洋的完整屍骸，就傳統來說，米恩一見屍骸就知道，是他朝思暮想的母親遺骸，頸部還有一串串的藍色珠子，還有數十個分散的瑪瑙。達卡安從小與祖父過生活，直到他小學畢業，惡靈的信仰已深植在他已成長的記憶裡。安洛米恩坐在地上仰視達卡安，久久之後，說：

「Angai rana, pansahadan kupa xi inei cyalao.」

（你回去吧，我要土葬我母親。）

「Cya a, cyata jiku migunagunai.」

（在此陪你，但我不參與你土葬的工作。）

安洛米恩表哥周牧師的夫人，他的表嫂牧師娘在他從K市離開船公司回蘭嶼家的那幾天，跟他說了這一則遺漏的往事：

你的母親在少女的時代是島上最美麗漂亮的女孩，在一九五六年，從台東來了數十位的阿美族青年，幫國民黨鄉黨部蓋辦公室，蓋鄉黨部主任的宿舍，國民黨並在蘭嶼成立山地青年文化工作隊，你的母親是工作隊員的其中之一。你母親的漂亮吸住了一位英俊的阿美少男，那位少男得知你母親懷孕的時候，他在黑夜悄悄的乘坐了軍隊往返台東與蘭嶼的補給船，回了台灣，但你母親和你父親早已依照我們的習俗訂婚了。結論是，你已逝去的大哥不是你生父的親生兒子，但你的父親深愛你的母親，默默地接受了她。這個事情，只有我、你牧師表哥、你父親，我們三人知道而已，跟你說是因為他們都已經往生了。

安洛米恩就在木床下深挖八十多公分，長度約八十公分，寬約是三十公分。把母親的遺骸放在木板上，藍色珠子、瑪瑙是他母親一生的寶物，用姑婆葉包著，之後再用一塊木板封住，填上了土。

「Ori o icyakmei na Amis ni kaka muicyalaw syou.」

（原來你大哥長得像阿美族。）達卡安說。

「Am jimu milimuwangan an.」

（請你存在心裡，不可張揚。）

「Nuwun.」

（是的，不張揚。）

「Mita na do wawa.」

（我們去海裡抓魚吧！[4]）

恰巧是民族祭拜祖靈的日子，安洛米恩在海邊礁岩某處放了地瓜、鮮魚（白毛、紅斑點石斑魚）給母親帶回白色島嶼的禮物，口中祝禱，說：

Mu inei cyalaw, ngaran mu nuka metdeh mu an,
Xi Tumimat ngaran mu, xi nan cingsan nuka xinan kuwa mu.
Oya vawun mu do pivavanadan mu
Ivamun mu jiyama ,jirakai, jirakes, kani kaka icylaw
Orio jimu rana peivazgnongao yi so moing mu
Kanu oned mu a mapaw nu pongso ta ya
Ta matarek ka rana a vuyit a meiya sasalap
（我親愛的媽媽，妳少女時的名字是
希都米馬特〔旭日之意〕，為人母之後，妳叫希婻・金珊[5]
這是妳航海到白色之島的禮物
與我父親，祖父們，祖母們，還有我大哥分享

4 達悟傳統法則，土葬完親人屍骸後，必須去抓魚，作為儀式的完整，意義是，用海洋清洗身靈，也讓往生的親人隨著海洋航行到白色的島嶼（極樂世界，或說是天堂）。

5 達悟人送走親人的時候，必須呼喊她（他）的名字，讓她（他）記得，身分認同，才不會被天上仙女列入為孤魂野鬼。

求祢別再回頭
別再深深思念我們的島嶼
因為妳已經是冥界裡的仙女之鳥了）
安洛米恩深深地感謝達卡安，不離棄他。達卡安也知道米恩不與部落裡的族人打交道，是他的想像力與正常人有潮差。他遵照傳統曆法過生活是受過他父親的訓練，於是對於傳統的信仰，歲時祭儀他非常清楚，他喜歡那樣的知識，他說是「體制內的知識系統」[6]。關於每一年西方人的聖誕節的子夜彌撒，他會遠離教堂，他跟達卡安說的理由是，兩千多年以來，上帝還沒有下凡到地球，因為人類沒有為上帝創造太空船。漢人過年的除夕團圓，他遠離吵雜的部落，因為漢人的觀念給小孩的錢——不要長大的錢，他認為這是荒謬的習俗，於是常常孤獨一人來到他的海邊基地，孤寂地聽濤聲，孤賞地觀星辰，哼著航海家族的詩歌。他從小對抗達悟民族體制外的價值觀（漢族，西方人），他逃離學校，他藐視上教會，讓他換來神經病患者的身分，他唾棄地方的小政客，是妥協的弱者，於是他被形容為少一根筋的人，他假借酗酒，麻痺自己羞辱沒有民族意識的新世代的族人。他的方法討人厭，他初始的性格不討喜，這些他都知道，他更理解二次戰後自己的民族對抗異族的欺壓的民族意識是脆弱的。他假借酗酒在馬路上臭罵自己的族人，如何如何的懦弱的時候，部落的人以為他是真實的神經病人，雖然一直沒有醫師給他一紙證明書證實。他說話胡言亂語慣了，部落的人因而不曾深思安洛米恩說的話隱含的意義。

達卡安也理解，每逢選舉的來臨，部落裡的氣氛如是藍色的大海，國民黨選舉推動工具成員來到部落，就是喝酒綁架，自己智商才七十的他都十分反感了，何況智商一百二十的米恩，怎麼可能尊重島上的小政客呢。

他倆在洞穴的前面貯放了很多漂流木，那一天達卡安從雜貨店買了一打台啤給自己，買了半打米酒給安洛米恩，達卡安說：

「Jimu picirenga xi cyamahep o "Ayoy" jyaken, maka piya ta miyuop.」

（今夜別跟我說「感謝」，我只求好好談天。）

米恩走向海邊，倒了半瓶米酒，說：

---

6 達悟民族中心主義，非達悟人思維的稱之體制外。

Ina, Ina
Maka piya ka do karakwan nu wawa,
Xira kakacyalaw, kumawud so tatala ta,
Icyakma mu su voit[7], mapaw su pahad
Makei kayi a mangyid Jimalavang a ponso.
Ikongo o malavang a pongso?

（媽媽 親愛的媽媽
祝福你在浩瀚的大海平靜
我的哥哥們，划船迎接妳
妳就像仙女鳥，那般輕盈的靈魂
讓妳很快地回到白色的島嶼）

何謂白色的島嶼？

就是我們的天堂。米恩回道。

「我們的天堂在白色的島嶼，哈哈哈……」這句話聽在我的耳朵很舒服，表示我們死了以後，還是住在一個小島，還是可以繼續抓魚，達卡安很欣慰地喝了一罐酒。

他接著米恩的話說，每次在聖誕節的時候，那個外國神父說天堂的時候，我的感覺那個「天堂」非常非常的遙遠，感覺天堂好像沒有海洋，難怪《聖經》裡的經文沒有區分男人吃的魚，以及女人、孕婦吃的魚，不好，這樣的天堂。還是不一樣呢？我們和他們，他們和他們呢？

如果是一樣的話，那個神父為何不說達悟語呢？我們為何不會說德語呢？就是不一樣啊，我們和他們。「我還想跟你說，」安洛米恩繼續地說，喝了大口的米酒，背靠石頭的坐在火舌面海的左邊。

我大哥往生的第二年，一九八七年，沒有多久的十月，我的父親也走了，我父親自以為是航海家族的嫡系，讓他目中無人，就是我們看不見的魔鬼，他也瞧不起，我的感覺我們家族好像是被惡靈詛咒，流年不利。那一年，我大哥國小、國中同學吉米特從高雄回來蘭嶼找我，跟我說了很多的話，有句話我特別喜歡，他說我「不適合在陸地過生活」。這句話，我很感動，也是我這一生讓我最有感覺的一句話，你會

7 Voit，是達悟人的神鳥，島上最美麗的鳥，羽絨光滑精緻，是仙女的化身。學名是紅頭綠鳩，Red-capped green pigeon。

感受一個人被尊重的時候，人就會自然地敬重對方。於是我就跟吉吉米特去了高雄，在高雄學習修護漁船的輪機，我學了半年，但這半年吉吉米特在菲律賓北方的島嶼抓龍蝦，只有他和他的船長老闆，他們半年只回來高雄一次。他每一次回來，身上很多錢，他經常帶我喝酒吃海鮮，在高雄旗津，他誠懇地勸我好好學習修船的輪機，他的話，我聽得下去。八個月之後，他帶我上船去菲律賓維護他們的船的機器，幾個月的時間，他看我很會潛水，就教我跟他抓龍蝦，放延繩線釣鯊魚。我們賣龍蝦、賣魚翅給香港的餐廳，香港人開船到菲律賓。那個時候，他很認真地教我切鯊魚翅的方法。七、八艘高雄籍的漁船船長非常羡慕我們的實力，以及任勞任怨的工作態度，我們一天睡覺的時間只有四個小時，感覺生活節奏很快，幸好菲律賓颱風多，可以讓我們有多一些的時間休息、補眠。在呂宋島的北部，Apari（阿巴里港）是我們在菲律賓的基地台，就是我們上岸休息的地方。那兒有很多的年輕人會說閩南語，有些人是吉吉米特的小幫手，他開船，那些人幫他抓龍蝦，釣鯊魚，砍鯊魚翅，後來我跟他的那些小幫手混熟了之後，我就做了吉吉米特的特助，我就變成那些小幫手的老大，修船的機械，然後在阿巴里港租了小房子，還有兩位小姐幫我洗衣服、洗身體。

「真的嗎？」達卡安喝酒，笑出聲音地問。

「當然是真的。」安洛米恩喝酒，笑出聲音回道。

我日子過得非常的幸福，忘了蘭嶼的家，忘了媽媽，想著吉吉米特大哥交付給我的工作。當時還有很多的高雄船，閩南人在那裡抓魚，高雄那兒的老大在阿巴里養黑黑的菲律賓女人，我後來認識了他，是因為吉吉米特大哥的介紹，要他照顧我。再過幾個月以後，吉吉米特跟我說，說我已經適應這兒的人，台灣高雄的船、船員，要我好好工作，存錢，我都聽他的話。他說，他要離開我，離開阿巴里，說要去南太平洋的斐濟、大溪地那兒釣黑鮪魚。他就和另一個東港人開船走了，他求我做兩件事，一是為自己存錢，二是當個修船的好師傅。修船的好師傅，我做到了，可是我賺來的錢去養那兩個小妹妹們的家人，而我也不計較。吉吉米特大哥走後，我一想著他在不同地方，不同民族，不同國家過生活，他是如何辦到的，我現在很久沒看見他了，也十分的想念他，這是人性吧。

可是第二年的六月，來了一個強烈颱風，在阿巴里漁港裡的漁船都很好，那幾天我睡船上照顧船，不能帶女人上我那台灣人船長的船，可是阿巴里鎮的外圍許多外來人的簡陋的木頭房子全部被吹毀，死傷人數很多，過了幾天，當我和船長要出海釣鯊魚的時候，那些小幫手只剩一個人了，叫做Doming，他才十三歲，其他的都被颱風捲走，或死或失蹤，我也不知道那些少男是從哪兒來的，沒有人知道他們的身世，我的小女孩跟我說，有港口的地方，就會遇見一群可愛的少男，他們被稱為「漂流男孩」。船長想了一想，暫時決定不出海，他去了馬尼拉一趟。

Doming、我，以及兩個小女生，我們花了半個月的時間當阿巴里鎮的志工，那是很讓人難過鼻酸的日子，許多慘死的殘骸，許多的浮屍，很恐怖，讓我的幻覺加深了。於是在夜裡經常夢見，或是好像看見我母親來阿巴里港，求我回家，可是我都沒有聽媽媽託夢給我的話，只是把它當作是一場美妙的夢。然後，Doming有一天在船上跟我過夜，我在甲板上喝酒，結果他夢遊，一邊哭一邊直繞著我們的船跑，我攔不住他，那時我就去船長室抓了一把冥紙，就是魔鬼的錢，丟向海上，冥紙一濕，Doming就趴著不跑了，好像是剛剛羽化後的魔鬼的靈魂（指珠光鳳蝶）恢復到最為單純的男孩，問題是，我根本就沒有在害怕，在那個時候。我就知道，我的靈魂很硬，很結實。Doming起來的時候，他的臉色發白，一直抱著我，說，hanito……hanito……一樣我們的話，那是魔鬼的意思，他才十三歲呢！感覺他的靈魂有飛走遠離，我很可憐他，我就用我們的話，呼喚他的靈回來，從那時候，他把我當作是他的父親。

我的船長姓廖，小琉球人，說話很少的閩南人，船上只有我跟Doming是他的船員，我跟Doming在白天放釣鯊魚的延繩線，在呂宋島東北部的外海，那是一艘十噸的漁船，同時我們也收購菲律賓漁民釣的鯊魚翅，晚上廖船長綁魚鉤，我與Doming就潛水抓龍蝦，我的靈魂不怕小鯊魚。我們的船上有裝空氣壓縮機，然後接風管潛入海裡，一待就是三個小時，我們的動作很快，讓廖船長很高興，很滿意，數不清的白天，數不清的夜間，我們忙得很高興，我們的收穫在海上賣給香港人之後，就回阿巴里港，我們就經常在阿巴里的地方唱卡拉ＯＫ，我有很多錢，可是我很愛可憐人家，還有女孩子們，唉呀，就是這樣啦。很多錢，很多錢，那個時候，我。我與Doming的生活非常得好，還有他的姊姊就跟我睡，他們沒有了父母。

沒有那樣？

有那樣啦！哈哈哈……

後來廖船長賺了很多錢，當我們在海上獵捕鯊魚，裝滿半個魚艙的時候，就跟我說，我們回台灣，我的船要上岸整修，我們就回了高雄，他也帶Doming來高雄。讓我沒有時間跟Doming的姊姊道別，還有我的一些錢，在她那兒，反正就是這樣。

到了高雄，我領了我該有的錢，我就從高雄坐計程車到台東，在台東某個街的榕樹下的小攤販與幾位不太熟識的我們達悟人喝酒，我請客，我喝到爛醉，醉倒在榕樹下，結果我的潛水錶被偷，我的背包遺失了，包括背包裡十幾萬的錢，口袋只剩兩千多塊，我就這樣，兩手空空的坐船回來，還有黑浪這隻狗，我的家也是空空的，沒有親人了，這是一九八九年的十一月。

「Ori o cina sasawudan na nu vazai kuya.」

（這是我的故事的來龍去脈。）

清涼的秋風，微微的秋浪，還有他們熟悉的夜空，還有他們堆砌成圈的礁石，夜還沒越過子夜，礁石縫裡散放出溫柔的火光，火光上米恩放了鋁鍋，鋁鍋內放了前些日子潛水獵捕的上等魚，地瓜也煮熟了。達卡安清洗木盤，也清洗自己剛從台灣回來的身體，跟米恩說：

「Siken mu ya, pangetget mu ya.」

（這是你的香皂，你的洗髮精。）

「Kanu neiku mu.」

（還有你的內褲。）

「Ayoy.」

（感謝。）

之後，安洛米恩也清洗自己的身體，清洗自己土埋母親遺骸的全身、心靈。達卡安始終不認為安洛米恩是神經病患者，他是聰明的人，要不是學校老師喜歡打學生，特愛說笨蛋的話，瞧不起他的話，他或許是個政治人才。要不是米恩不自誇自己是優質的航海家族的話，部落的人也不會說他是神經病的人。安洛米恩在水槽洗身，達卡安問：

「Mu paciwu yan do keiliyan ta a.」

（你為何如此討厭我們部落的人？）

「Yabu yaku wunungan jimu a, atuwa pa ipanci ku jimu.」

（有許多事情想跟你說，今夜只想說兩件事。）

「Ori rana am, yabu ya mamanong nyaten mi Kang-yi do廢料場。」

（那是因為討厭沒有族人帶領我們去抗議廢料場。）

「Ikaduwa nu cireng kwam, ku paci wuyan sira u lamlamsuy nu ko min tu.」

（第二件事是，我極度厭惡國民黨的那些傭人〔黨工〕。）

「Yapiya cinizan nu araw ya yakan.」

（很好吃，曬一天的魚乾。）

這些年，達卡安在國中上學是想要證實自己不是零分先生，有志於向上學習的意願，可是他的同學們還是確定了他的試卷大部分都是零分，除非有是非題的試卷，那是他的最愛，稱之猜猜看，即使只答對一題，得兩分，他的喜悅往往比那些考及格的同學們高興許多，因為他要的不多，兩分即可。

因為這樣的性格，讓安洛米恩喜歡跟他一樣的，不斤斤計較。達卡安國中畢業以後，都在台灣做工賺錢，安洛米恩在菲律賓的時候，達卡安在蘭嶼就依靠自己的學習，根據米恩教他抓魚、抓龍蝦的方法過生活，他尤其對月亮與潮汐的在地知識很內行，待在蘭嶼的每個夜晚，只要不是颱風天，他就花時間潛水抓魚、抓龍蝦來證實安洛米恩教育給他的潮汐知識，於是證實了安洛米恩沒有欺騙他，是真心的對待他。當青春期的同學們好奇於電動玩具的時候，喜愛談戀愛的時候，達卡安因課業的差，讓他自卑，但他把這個自卑幻化為少年海男，讓他常常一個人在安洛米恩帶他潛海的地方，自我學習夜間的水世界，讓他養成了熟悉海浪波浪的習性，愛上了黑色的海，沿海的礁岩成了他不折不扣的真實教室。不僅賣龍蝦可以賺錢，他也因此有很好的水性，給了他的父親疼愛他的機會，最後父親乾脆帶兒子抓龍蝦，潛水抓章魚，國中畢業的時候，他已經不是零分先生，而是海王子，這個頭銜就是他的尊嚴，也確定了他人生的方向。

他這次回祖島探望父母親，但他心裡想的是，希望遇見，或者盼望安洛米恩已經回蘭嶼了。今天遇見他，讓他內心特別的高興。達卡安很理解自己是個厭惡斤斤計較的人，厭惡準時在八點整就上班的工作，下午五點整下班，他喜歡的老闆是，可以接受他在八點以後上班，五點以後下班，或延後一小時下班，不加錢，他都可以接受。他知道，國中畢業去台灣工作，還是屬於童工，是非法的工作權，於是就去找原住民籍的老闆工作，做粗工，找到粉刷牆壁的油漆工，這是他喜歡的工作，在室外，而不是在水泥屋空間。沒有勞保，待他隨著自己的性情心情上工，或者休息，或者回蘭嶼的海抓魚。雖然找到了自己想要的，不要動腦筋的工作，可是領薪水要動腦筋，也就是要用數學的概念，這是他最擔心的事情，那就是說，領錢需要數學的加法與減法，因為這一層加減法的關係，讓他那位阿美族的老闆疼愛，他就把這個過程跟安洛米恩敘述：

米恩叔叔，你知道嗎？我在那位阿美族老闆，當油漆工學徒，那時他一天給我的工錢一千三百五十塊，我就跟老闆說，我只要一千三百塊就好，那個阿美族就說，好啊！他很大笑地說，每一個工人都想加更多的工錢，你卻想減薪，好啦，一千三百，你一天的工錢，我們都笑了。當然我工作還是非常認真。但他不知道，我為何不要哪個五十塊的理由。

「你的理由是什麼？」米恩問，他們喝了一口酒，達卡安回道：

「我不會算數啦！1350＋1350＋1350……那個50加來加去，我不會加，我不會加減乘除的數學。老闆後來給我一千四百元，他的女兒也教我了加減的數學……」

安洛米恩淺淺地笑，喝完第一瓶酒之後，米恩回道：

「我們的問題一模一樣，就是不會加減乘除。」

哈哈哈……

「Apya taya?」

（我們怎麼辦啊？）安洛米恩苦笑道，接著說：

「Ikongo muniyay du pongso ta ya?」

（你回祖島做什麼呢？）

「Ala yana ni makarala du pongso kwan ku imu, ori o ku nigcin ya.」

（我猜想，你可能回祖島了，所以我回來。）

「Kuni ma katluwa kawan du ilawu ya.」

（我確實在外島待了三年。）

「Ayoy ta maka rala ka rana.」

（感謝，你終於回來了。）

達卡安在火堆裡在加了一些乾柴，火勢再次地旺了起來，火舌就像安洛米恩的心情，浮升出渴望達卡安與自己整地鬆土，而後種地瓜。他不是要證明自己在部落裡的形象，而是靠自己過生活。於是說：

「Tagahan, xi jeika ta rana o wakai ku am, ori yangai mu du ilawud an.」

（我們整地，種完地瓜以後，你再去台灣好嗎？）

火光受著微風的輕吹，人影也在不確定的晃動，達卡安似乎感受安洛米恩說話的情緒似乎在請求他的幫忙。那些天的工作，達卡安也發現了米恩體能衰退許多，自言自語的時間也加長了，夜間常常對著天空的眼睛說話，說著達卡安聽不懂的語言。依他正常人的感覺是，安洛米恩好像得了幻想症，工作做完的那一夜，達卡安趁安洛米恩喝醉昏睡之際，悄悄的走了，再次地坐船回台灣做油漆工。

那些年安洛米恩繼續在地瓜田工作，在他的祕密洞窟發呆，繼續捕飛魚，釣鬼頭刀魚，然而出海的次數減少了許多，他也繼續地堅守自己是航海家族的最後一員，要有尊嚴地過生活。於是「航海家族」這一詞，或者已經是被現代人遺忘的名字，是他活下去唯一的精神依靠。對於所謂的「航海家族」，他的牧師表哥頻繁地看見他經常喝著米酒度日，內心心疼的，時常地叮嚀他，說：

「Abu rana manga wari, o mankeskeran na ta-u,」

（航海家族已經消失了，）

「Si cyakwa yam, xi yama ta du to, mi palapalanginan nyaten.」

（這個時代，是上帝掌控地球的時代。）

「So yayi mu rana du kyokai,」

（願你開始來教會，）

「Mapa tanang su rarate mu ji yama ta di to,」

（把你的罪惡跟上帝說明，）

「Yaten na ta-u a anak na ni yama ta du to.」

（因為我們是上帝的小孩。）

周布良牧師在很多次的星期天午後的茶敘，他經常把他心裡的話跟夏曼・立亞肯恩老師傾訴，他們都很希望安洛米恩來教會聽《聖經》的道理，讓他減少幻想，多多跟人交流，說正常人說的話，可是，必須找出合理的辦法，讓他不質疑我們善意的目的，「用上帝來拯救他的妄想症」。他有一回跟我說：

「Yabu xi yama ta duto.」

（上帝不存在。）

「Am, yaru o pina langalangaw du mata nu angit.」

（但是，有許多仙女在星星裡。）

「夏曼・立亞肯恩老師，我跟你說，這也是讓我的好意經過他的思維都會變成是魔鬼的話，真是難於溝通，他的腦袋一直存在著天上的仙女，以及他自以為是，最優質的航海家族的族裔，把我看作是魔鬼的使者，不是他的表哥。」

「我也是，他經常羞辱我，說我是國民黨的走狗，說我是不會抓魚的殘障男人，甚至他不會給人機會跟他說真心話，我認為他的腦袋真的有問題。」

在二到六月的飛魚汛期，灘頭一如民族過去歲月的角色，是島民木船出海獵魚的出發地點。安落米恩喜歡這個地方，除去他過去的美好記憶外，他喜愛、敬愛同部落的人用手划船出海捕飛魚，他喜歡沒有機械噪音的傳統捕魚法，他喜歡每一艘船，每一個人在海上靜靜地等待飛魚的衝網，他喜歡「流動性的期待」，認為是每個人心中某種希望的誕生，長期堅持在失望與希望的海浪討生活。他自己要的飛魚不多，一、二十尾他就滿足了，然後划船到外海釣獵食大魚，有沒有收穫，對他來說，也不是最大的目的，他喜愛在黑夜的海上，瀟灑划船三、四個小時，喜愛在海上的寧靜。他始終認為，自己一個人在夜間的海上划船是最自然、最自由的一件事，然後隨著漂流的木船仰望星空、雲浪、月光，可以忘記自己的不如意，或者乾脆就隨著海流漂，在海上等待仙女收拾自己的亡魂，他認為，那是沒有痛苦的，沒有活人看見自己死亡的死法。

傍晚的氣溫漸退，人們感覺到黑夜來臨的時候，部落的男人在八〇年中期以後，分類成三種男人，一是，有自己的拼板船的男人，二是，有自己的機動船的男人，三是，既沒有拼板船，也沒有機動船，等待當漁工的男人，他認為，這種現代化的轉型社會，很現實地區分了適應現代化的好與不好的能力，他雖然有自己的拼板船，可是不是他親手建造的船，而是他已去世的父親，對於適應這個問題，他很刻意地說，自己是會划船的男人，而不說自己是屬於適應不良的這個群族，部落的人知道他是劣質的非正常人，他偏偏說自己是優質的神經病人，這是他討人厭的地方。例如：

你比我大，為何不會划船捕飛魚？

不會釣鬼頭刀魚，達悟文化的消失就是你們這種人。

你比我大，不會射魚，抓龍蝦，還是人嗎？

你有太太，有小孩，不去台灣工作，還是人嗎？

只會說核廢料是毒藥，卻不去參加遊行抗議，還有臉待在部落嗎？

他有許多許多的話，在他宿醉的時候，就會沿著部落裡的巷道，臭罵那位，羞辱這位，說完就走人，喜歡當哲學老師，但他有個優點，就是特愛鼓勵小孩子，說：

「有種就去國外念書，回來之後，跟我一樣會說英語。」

當然這一句話往往引來大家的哄堂大笑，他就會說，「Do you know?」而後走人。

他默默地尾隨已是七十來歲的前輩划船出海，他們互不說話，也互相瞧不起，划著自己的船，在某個海域放下魚網，然後魚網與木船就隨波逐流，等待飛魚衝上魚網，等待的時間可能二十分鐘，可能四十分鐘，等待過程完群由浮游的飛魚群主控，此時放下魚網便是屬於經驗論了，這是月亮與潮汐的經驗知識。但他只管自己的收穫，不管他人的漁獲多寡。在海上，他完全放鬆自己，他在船上獨飲米酒，抽著紙捲菸，躺在船上望星空。他感覺父親的這艘木船已破舊了，認為今年是這艘木船的壽終年。一個小時之後，他網了四十多尾的飛魚，於是划向惡靈貪婪的舌頭[8]，在那兒他放下一尾帶鉤的飛魚，開始了他夜航釣獵食大魚的活動。此時他輕鬆地唱著自己愛唱的國語歌，歌聲隨波浪飄送，是虛音，也是實音，是自然的與黑色的汪洋的合音，唱給自己聽，唱給黑夜，唱給星空。

在星光與潔白的夜色微弱的照明下，與安洛米恩同樣在進行夜間獵魚的還有兩艘拼板船，他知道那兩位前輩，還有一艘快艇，那是他的表哥周布良牧師。

夏曼・立亞肯恩，他在這幾年都接受周牧師的邀請，坐快艇捕飛魚，以及學習傳統海洋知識，作為科普的教學教材。深夜，他們都圍繞在惡靈貪婪的舌頭的夜間海域移動，他們經常遇見安洛米恩獨自一人在海上獵魚，唯一的年輕人，他與周牧師共同的問題是：他在夜間的海上獵魚，不會害怕嗎？他納悶地問周牧師，說道：

「你曾在夜間的海上划船釣大魚嗎？」

「沒有買船之前，我很頻繁。」

「不會害怕嗎？」

「不會，我傳統的海洋知識很豐富。」
「安洛米恩不會怕嗎？」
「我想，他的海上經驗很豐富，他曾在菲律賓北部抓龍蝦，釣鯊魚。」
「他曾在菲律賓北部抓龍蝦、釣鯊魚。」
一個不識字的，他過去的學生，一個凡事漫不經心的，一個沒有人生目標，一個酗酒的、撿菸蒂的人，居然跑的海洋比自己多十幾倍，還跑到國外。想著自己，守著郵局的存款簿不帶家人去旅行，拓展視野，守著學校操場跑步，不學習上山伐木造船，守著教書的教材主任，一心一意準備在台灣T市買房子，自己卻是沒有膽識在黑色的大海獵魚，雙手沒有力量伐木造船，雙手划船，甭談民族的海洋知識，於是又問牧師，說：
「他為什麼不會怕？」
「海洋是他的生活重心吧。」
「他或許真的是精神病患者。」夏曼・立亞肯恩又問道。

8 突出於海面的礁石，該部落的人稱之惡靈貪婪的舌頭，也是漁場，離岸約莫一海里。

「可能吧！但我們不是精神科醫生。」

「所以，我希望他來教會。」

「他不信上帝，上帝對他來說，是不存在的。」

「你試試看吧，你是他大哥的好朋友。」

「很難改變他的思想的。」

「帶米酒跟他聊。」

「這是個好意見。」

「上帝說過，教徒不可喝酒啊。」

「是帶米酒給米恩喝聊，不是你要喝。」

他輕鬆地唱著自己愛唱的國語歌，歌聲隨波浪飄送，是虛音，也是實音，是自然的與黑色的汪洋合音唱給自己聽，他左右來回地划，經過周牧師的船邊的時候，夏曼・立亞肯恩說道：

「O, yapiya o ngoso mu.」

（哦，你的歌聲很好聽。）

「Sinu kang?」

（你是哪位？）

「Sinsin mu, xiyaman Giyakneng.」

（你的老師，夏曼・立亞肯恩。）

「Ayoy, ta miyan ka du wawa.」

（感謝上帝，你來到海上啦。）

周牧師深深理解這句話是在羞辱夏曼・立亞肯恩，雖然他是他的老師，但在米恩的思維世界，疏於與海洋連結的男人會被他視為低等男人，雖然夏曼・立亞肯恩是老師。

當我們耳朵聽見他開始唱家族的航海詩歌的時候，就是他回航的時間，也是他釣到了大魚，如浪人鰺、金線梭魚、黃鰭鮪魚……那是他的習慣，也是他的信仰。確實，夏曼・立亞肯恩從海洋的視野思考，當島上的族人成為漢族的殖民者之後，島上的老師們、公務人員、牧師群等，獵魚，造船，潛水，種植地瓜、芋頭等的生活技能、傳統知識已經不是新興階級者們的信仰重心，今夜夏曼・立亞肯恩老師偶遇安洛米恩在海上獨自一人獵魚，這個情境他是很難理解，或是感受一具小小的，不到四公尺長的拼板船可以在海上過一夜的過程，他於是可以預言，再過幾年在海上獨自一人划船獵魚，將成為民族的歷史記憶，後來的人只能從照片閱讀民族的藝術成品了。

達卡安回台灣工作後的幾天，安洛米恩再次地恢復到，去機場上班撿菸蒂的日子。沒有香菸、沒有米酒讓他精神委靡，讓他與海洋的生活距離逐漸地逐漸地遙遠了，包括他的木船壞了之後，身體就像一塊即將腐爛的地瓜，失了嫩芽生機。隔壁家的，已經上國中念書的兩位少女，每天的早晨都看見他愁眉苦臉，雙手抱著腹部喃喃自語，母親給她們的零用錢，姊妹二人會省下來湊足到可以買一包菸的時候，就會拿給安洛米恩，跟他說：

「Ayoy mu marang o payi mu.」

（謝謝叔叔，你過去的龍蝦。）

安洛米恩在每一次收到兩位小女孩給他香菸的那一刻，自己會回想到他在呂宋島北部阿巴里港的那段歲月，是他這一生為陌生人付出愛心的美麗時光。每當返航休息，都是他最為愉快的日子，用他的錢讓陌生的家庭團聚吃晚餐，窮人的笑容暫時抹去了他的幻想症。只是那一場颱風，讓他目睹陌生人的大體，用清水清洗，與當地人共同土葬陌生人，其實自己很喜歡做義工，為他人服務的工作。此刻的他，清晨枯坐在他不再進屋的國宅門邊走廊，腸胃的疼痛讓他心魂感受到那一股，家族被惡靈詛咒的氛圍，飢餓換來的痛苦，也換來了他頻繁的幻覺，同時身軀也一天一天的消瘦了起來。

他做了感謝小女孩們的手勢，也擠出了難得的苦笑。大女孩叫Xi Tumimat（西・

杜米瑪特[9]）彎腰問他說：

「Maran, yangai namen imu do koe-sang an?」

（叔叔，我們帶你去醫院，好嗎？）

「Cyaha, ku makungo.」

（不用，我很好。）

他抽了一根菸，指著牆壁跟杜米瑪特說：

「lingwa na ni Tagahan tu, ipi lingwa nyou pa an?」

（那是達卡安的電話號碼，幫我打電話給他好嗎？）

如此哀求的語氣，讓姊妹倆感覺出安洛米恩過去的傲慢，只針對大人，不是小孩，如今他痛苦的面容有了哀傷的溫柔，有了低姿態的優雅，以及對她們的友善。安洛米恩把香菸放進他的便當盒，杜米瑪特又說：

「Panci namen o kui-sang an?」

（我們去叫醫生，好嗎？）

9 Tumimat，每一天的旭日之意。

「Cyaha, ku makungo.」

（不用，我很好。）

他起了身子，把便當盒放進塑膠袋裡，穿上海邊撿來的夾腳拖鞋沿著公路走，杜米瑪特一直隨後目送，消失在他往地瓜園的山林裡的樹蔭下。杜米瑪特姊妹因父親長期在台灣做苦工，他雖然說她們的祖父母是劣質的達悟人，說她們的父親是殘障男，然而安洛米恩還是頻繁地拿女性吃的魚、龍蝦給她們吃，杜米瑪特姊妹在成長的歲月裡，因而對他一直存有感恩的心。每一次安洛米恩失蹤幾天，她們就會緊張得頻頻拿家裡的電話打給達卡安。達卡安便請他的老闆寄現金給杜米瑪特，由她幫安洛米恩買他想買的東西。米酒、香菸是米恩最想要的東西，泡麵，杜米瑪特用家裡的瓦斯煮給他吃。

「Panci namen o kui-sang an?」

（我們去叫醫生，好嗎？）杜米瑪特姊妹說這句不知說了幾百遍，安洛米恩不改變的話，說：

「Cyaha, ku makungo.」

（不用，我很好。）

在她們眼裡米酒是他腸胃的良藥，香菸是他的精神食物。杜米瑪特姊妹也常常從教會裡拿救濟衣物給他，米恩卻把這些衣物推積在他的祕密基地。好幾年前，他從菲律賓回祖島，在馬沙暴山的工寮土埋了母親的骨骸之後，許多的外來的救濟女性衣物就堆在那兒，好像在舉行與母親會面的儀式，然後才回到他海邊的洞窟，就在他半醉半醒，開始胡言亂語的時候，也是達卡安離棄他的時候。原因是，他開始跟天空的眼睛說話，跟他已去世的母親說他在菲律賓時的故事，達卡安的用語，說是跟看不見臉孔的魔鬼說話，每每令他毛髮直立的害怕，他也跟他說過，他在阿巴里港的那些小幫手的遊魂都跟著他來到高雄，來到了蘭嶼。有一天的晚上很多星星沒有月亮，他們邊喝酒邊說笑話，達卡安聽著他說：

Doming有三個好兄弟，在今晚從阿巴里港划船來我們的這個祕密基地，看見他們來的時候，他站了起來，並且起身在潮間帶迎接他們，跟那些人說話，打招呼，說達悟語[10]（起初達卡安以為安洛米恩在逗著他，後來他發現了安洛米恩真實地跟影子說話），並對著達卡安說，「不要害怕」。米恩跟影子說話，說，他，達卡安是我的徒弟，是我教他抓魚的，不可以傷害他。達卡安怕到拿著手電照明米恩的時候，

10 巴丹群島的Ivatas人與達悟族說的語言相通相同。

發現米恩的眼珠是朱紅色的，讓他害怕得飛奔回部落。從那個時候起，安洛米恩在夜裡，在他的鐵皮屋、祕密基地就常常一個人說話，他說話的對象就是Doming的三個好兄弟，還有他的母親。他頻繁地喃喃自語，部落的人更肯定了安洛米恩是神經病患者。

那幾天杜米瑪特姊妹用達卡安寄來的錢，一天買一瓶米酒，買一包長壽菸，還有泡麵。有一天的傍晚，安洛米恩跟杜米瑪特，說道：

「Kuna jyatlen o paw-mian.」

（我吞不下泡麵了。）

「Manazang kamu su mugis an?」

（你們可以買米嗎？）

「Yaku rana iwuwu u mugis.」

（我很想吃米。）

杜米瑪特的母親西嫲・杜米瑪特[11]從家門伸頭側身斜眼看著安洛米恩左手持湯匙吃稀飯，米恩深陷的雙眼窩，深陷的雙頰，滿髮頭的汙垢，還有他那已經失去彈性的胸肌，扁平的腹部，洗不乾淨的雙腿，還有女兒杜米瑪特從教會挑選的水藍色運動短褲，想在心裡，他怎麼啦？他坐在水泥地上，此時此刻看在她的眼裡是個極速未老先衰的例子，想在心裡，他是個不折不扣的傲慢分子，說話狂傲。當他剛從台灣回蘭嶼家的時候，他的傲慢夾著強烈歧視她那不會抓魚的先生的眼神，掐住了她剛為人母的心魂而不敢正視他，甚至是斷絕跟他說話，在他幻覺發病時揮拳的凶狠樣，讓她常常抱起孩子們逃到隔壁部落的娘家，就是他的狗，黑浪也因受不了他的揮拳側踢，也離棄了他，不再回米恩的家了。

她厭惡他發病時的傲慢，徹底羞辱說她的男人屬於不會抓魚的殘障男，猶在耳膜，同情他正常時對她孩子們奉獻龍蝦的親切，也猶在眼裡，作為他的鄰居，幾年來精神飽受很大的折磨，所幸，她與女兒們堅定的基督信仰給了她寬容，放棄怨懟。這一天早上西婻．杜米瑪特從教會做完禮拜之後，第一次用親切的口氣，第一次跟正在吃稀飯的安洛米恩說話，說：

「Yangai da imu nira veita du kui-sang an?」

（讓我女兒她們帶你去衛生所，好嗎？）

---

11 達悟人以長子，或長女更改名字，早期人類學者稱之親從子名制，所以杜米瑪特是長女，她的父親叫夏曼．杜米瑪特。

「Cyaha, mi lingwa kapa ji Tagahan an.」

（沒關係，給達卡安電話。）

「Ji kangai du kui-sang?」

（你確定不去衛生所嗎？）

「Cyaha.」

（不去。）

他可以感受西婻・杜米瑪特說話的語氣是善良的，是真心的，他面容的表情，他內心的語言，說：

「Jika makamu ya.」

（真的苦了妳。）她明瞭米恩的話，他在為過去的行為致歉。

她也感覺到沒有喝酒時的安洛米恩是個優質的正常人，一個與自己年紀相仿且已經沒有至親親人的鄰居的孤伶是讓人難過的，況且又是沒有親人送葬的悲情，他人是無法感受的，她看著他，為他默禱。一個星期以後，西婻・杜米瑪特辦好了安洛米恩的身分證、戶籍謄本、健保卡，最後問安洛米恩，說：

「Yamiyan so 存款簿 mu?」

（你有存款簿嗎？）

「Jyabu.」

（沒有。）

「Yamiyan su nizpi mu?」

（你有現金嗎？）

「Jyabu.」

（沒有。）

過了一些時日，杜米瑪特帶著安洛米恩坐飛機去了台東某家醫院，達卡安在台東等他，問道：

「Maran, mu kangai?」

（叔叔，你還好嗎？）

安洛米恩坐在醫院裡的椅子上，蜷曲著身子，面容十分痛苦，他過去有多傲慢，現在他就有多痛苦，讓他雙手握腹說不出話來，達卡安求著杜米瑪特說：

「你可以留下幫安洛米恩辦事嗎？我們兩個都不認識漢字。」

杜米瑪特露出潔白的牙齒，展露她的善良，跟達卡安說：

「我知道你們兩個都不認識漢字，沒有問題，我和兩個妹妹都是吃你們抓的龍蝦，抓的魚長大的。」就在那一天，安洛米恩住進了醫院，等候檢查。第三天，護士拿了一張紙給達卡安，說：

「你是他的兒子嗎？請在這裡簽名。」

「不是，是朋友。」達卡安笑著回道。

「他有兄弟嗎？」

「沒有。」

「他有小孩嗎？」

「沒有。」

「他很嚴重嗎？」達卡安問。

護士看了他一眼之後，離開了。到了晚上，安洛米恩求著達卡安帶他下樓抽菸，他們就坐在路邊的樹蔭下，燈光被樹葉遮住的地方抽菸。

「我的肚子一直很痛。」

他的殘弱像是乾枯龜裂的水芋田上，就連蚊子也憐憫的，急需一滴水的田蛙樣，他的呼吸聲很大，吸氣呼氣的間隔很久。達卡安拿著輪椅給他坐，坐上電梯，進入七樓的某個普通病房。達卡安抱他回床上，說：

「Ayoy.」

（謝謝。）

「Pinuzi ku imu an?」

（我為你禱告好嗎？）

安洛米恩看了達卡安一眼，調一調了呼吸。達卡安再次的看著安洛米恩，求道：

「Pinuzi ku imu an?」

（我為你禱告好嗎？）久久之後，安洛米恩擠出殘笑地看達卡安。

米恩躺在病床上殘笑發呆，幾分鐘過後達卡安抬頭，微笑看著他，說：

「Yaku nipei nuzi rana imu, mu maran.」

（我已經默默的為你禱告了，叔叔。）

「Yabu o Sang-Ti.」

（上帝是不存在的……）久之後，安洛米恩強顏歡笑地說。

「上帝是不存在的……」

安洛米恩打著營養針側臥著睡，達卡安走出醫院逛逛。午夜，達卡安回醫院時，

安洛米恩的人不見了，他慌張地跑去護士辦公室，說：

「他去了哪裡？」

「他被牧師和醫師帶走了。」

數年之後，達卡安跟部落的人說：就讓航海家族的傳說成為傳說吧！安洛米恩也成了傳說。

杜米瑪特做護士的那一年，跟達卡安說：「安洛米恩在二〇〇九年十一月〇日，在F縣的療養院自盡。」

此後達卡安繼續一個人在夜間抓龍蝦，每一次的下海，默禱說：

「Imu yanim nanawu jyaken du wawa ya., ni wumiwan os mata ku do wawa ya.」

（是你拿海洋教我，是你敲開我的眼睛看水世界。）

在傍晚他陪女兒寫功課，也練習寫自己的華語名字Xiyaman. Maveivuo（夏曼・瑪飛虎）。

他跟女兒說：我們的名字是，孤獨的潛水夫。

後記

安洛米恩的哥哥齊格浪，是我與吉吉米特、卡斯瓦勒的小學、國中同學。我們是蘭嶼國中第二屆的學生，島上六個部落的孩子，除去朗島部落外，五個部落的孩子聚集椰油部落念國中，青澀的臉龐，整日在學校共同生活在一起，彼此磨蹭，可以說是我們民族近代歷史的一大盛事，同時也是我們這個世代，出生於戰後的一九五〇年代的青少年開始認識新民族、新帝國、學習新殖民者的新語言、新文化，開始了我們夢的迷思的旅行。

我們六個部落說達悟語的口音各有差異，可是卻要學習共通說四音階的華語，以及英語，於是語音的差異發生了許多許多的笑話，譬如，A部落的同學朗讀華語：

「該洩了，該洩了，席校燜狗刮著過起，打價瀨了，同溪瀨了，老師一賴了……」正確的華語念法如下：

「開學了，開學了，學校門口掛著國旗，大家來了，同學來了，老師也來了……」

B部落的同學念：

「該薛辣，該薛辣，席校悶購寡之果器，打家ㄌㄞˇ辣，董希ㄌㄞˇ辣，ㄌㄠˇ師一來辣。」

又如：

「老是，搭說，搭又打勿嗎？」

「老師，她說，她有打我嗎？」

「米油補賴，搭烱蒴的。」

「沒有不來，她們說的（她們說，她不要來）。」

諸如其他部落的同學，用達悟語音說華語引來許多的笑話，一到了晚上，宿舍裡的笑話就連篇連夜，連夜震動玻璃窗，夾著相互認識的好奇。達悟語、華語，兩種語言交叉的混音，這個過程最佳的模仿者是由最為頑皮的卡斯瓦勒所發動。

我們這一屆國中同學的出生年約是由一九五三至一九五八，我們男同學的宿舍是工藝教室，每一個人一張三尺寬六尺長的合板為床，以桌子為衣櫥，為界線。

我的睡床左邊是齊格浪，右邊是卡斯瓦勒，頭對頭是吉吉米特。齊格浪是個安靜、寡言的同學，面容的皮膚都比我們白而嫩，然而每一個夜晚，我不曾聽過齊格浪跟我說過他未來的夢想，包括他的初戀情人，出社會後來成為情侶。我們國三時，他的大弟也過來念國中，從那時起安洛米恩開始來國中「要飯」與逃學，開始認識了我。他來國中，我們就會偷偷留白飯給他，安洛米恩於是對我有了好印象。

當我高中畢業，出社會的第二年，就是一九七八年的夏天，我在板橋染整廠工作，遇見三位在土城工業區工作的同學，其中之一，就是齊格浪。見到他，嚇我一跳，他變得很壯，很粗獷，不得志的眼神讓他變得非常喜歡抱怨，很怨天尤人。然而，外來「文明」入侵我們的島嶼之初始，我們這一代的達悟人，又有誰是得志的呢？

時光飛逝，一九八一年齊格浪回蘭嶼家，開始在《蘭嶼雙周刊》發表「小說」，當時蘭恩的創辦人跟我說這個事情，言下之意，我是當時的大學生，他也希望我寫「小說」。雖然我讀的是法文系，讀法國文學，然而，何謂「小說」，我一點概念也沒有，甭說寫「小說」。可惜同學寫的小說，我沒閱讀到。

當我大學畢業，在台北開計程車，搞原住民運動，有一天我接到南港山胞服務中心的電話：

「認不認識齊格浪與他的弟弟。」

「認識。」

原來齊格浪與他的大弟都住進了北市信義路底的精神病療養院，我當保證人把兄弟倆從醫院領出來。醫院交代我說：「他們不能喝酒。」那是一九八六年的七月，同年的九月，齊格浪跳樓自殺身亡。我當時跟朋友們募款，他的父母親與安洛米恩從蘭嶼來桃園，那一趟是安洛米恩第一次來台灣，他又遇見了我，同時開始跟我要菸抽。

一九八九年我回祖島定居以後，安洛米恩在蘭嶼機場常常遇見我，很自然地要菸抽，開始跟我說他的故事，當他進入他妄想的世界時，他說著達悟語，華語也非常流利，讓我佩服。當時我也開始寫散文，我於是慢慢記憶他的故事與遭遇。

我個人從小喜愛遠眺海平線逐夢，追夢。海，給我沒有疆界的無限想像……

國小，我們發現我們自己不是漢人、漢族，不會說華語，於是學校老師給我們稚幼心靈的謎題是：漢人文明，我們野蠻；漢人進步，我們落伍。

何謂文明？何謂進步？這是我個人一直在對抗的問題，也是整個星球人類的問題。筆者從開始說話起就一直生活在喜歡說海浪的故事，造船的故事，夜航獵魚的故事，男人吃的魚，女人吃的魚，燒墾伐木的生活，許多的數不清等等的，都市文明生活律動已遺忘的有機生活，獨占了我成長與求學的旅程。

原來我民族的島嶼生活被學校老師說成野蠻的生活，原來魚類分類的知識被說成是落伍的。時間飛逝，成長的學習是摸索，更是去對抗一元化的價值準繩，如今筆者方意識到，很自信地說，所謂的野蠻！所謂落伍！是我所擁有的，所追求的，是你所沒有的。

在深山裡與父親、叔父、堂叔的伐木經歷，讓我看見了純潔的野蠻美學，讓我身體髮膚深深體悟到原木到雛形到船身到海洋到魚類，那是我民族的環境信仰的核心，就是我們的詩歌文學；與家族裡的男人夜航捕飛魚，夜間潛水捉魚，潛水射魚，男人吃的魚，女人、孕婦吃的魚，海鮮貝類等分類的食的文明，讓我看見了體悟了分享的本質，就是我達悟人的海洋文學，所有的這些都必須經過傳統宗教的儀式。於是我身體髮膚深深體悟到儀式與分類知識是我達悟人的海洋文學，是我們珍愛島嶼環境，海洋生物的具體表現，這些都斧刻在我的身體，以及力行之，學習與環境、海洋相融，這些是你沒有的海洋文學。

筆者的寫實小說的真實人物安洛米恩、達卡安、洛馬比克、吉吉米特、卡斯瓦勒、夏本・巫瑪藍姆、馬洛奴斯，以及筆者本人，都困在現代文明裡的謎題與迷思裡，從現實的島嶼生活來論，我們確實都藉著不同季節的「海洋」不斷地重複療傷，這兒沒有終極結論，只有愈來愈複雜的進行式。

身為書寫海洋律動的情緒的台灣籍的作家，迄今熱愛純文學創作的能量不減，也是我一生唯一的志業，純文學創作是多元而嚴肅的，也絕對是深遠的，你我他的文學作品，其更廣的意涵是，屬於台灣的華語文學，我稱你們是主流文學，我稱安洛米恩、達卡安、洛馬比克、吉吉米特、卡斯瓦勒、夏本・巫瑪藍姆、巫瑪藍姆、馬洛奴斯等等是移動的「海流文學」。

當安洛米恩來不及把他航海家族的故事說給達卡安的時候，當他的大哥，我的同學齊格浪還來不及書寫的時候，我們的同學吉吉米特已經航海到了英屬法蘭克福群島，南、西太平洋。

這本書深深表達對他們的敬愛，還有我那些把我心魂帶到海上，我家族的海流前輩們，謝謝他們真實的故事。

願野蠻與落伍與我長在。

二〇一五年六月二十二日完稿於新店七張

這個民族的語言就是詩

——陳芳明對談夏曼・藍波安

夏曼・藍波安（以下簡稱「夏曼」）：我一直很希望能跟陳老師對談，又很怕陳老師時間沒辦法。原本我想把時間延後，因為（五月）二十二號就要去航海，這幾天我都還可以去抓飛魚，晚上再跟幾個姪兒到海上拚，去獵捕大魚。

陳芳明：你說的大魚有多大？

夏曼：我們說的大魚，不能用你們常說的有幾公斤的說法，（**陳**：是指數目嗎？）也不是數目。我們的大魚是野性的，牠可能是這樣（用手比畫體積），沒有一個量化的標準。我們達悟的人最喜歡的魚叫浪人鰺，那是我們蘭嶼的象徵，但獵大魚不是一種終極的目標，而是在海上持續累積的獵魚過程。所以當你獵魚的經驗累積了

二、三十年，自然會在抓魚的朋友群裡獲得一個成就；但獲得這樣的成就，只會讓人越來越謙虛，而不是越來越傲慢。

陳芳明：我現在比較好奇的是，你寫的大部分都是成長小說，從《黑色的翅膀》到《天空的眼睛》，為什麼你會那麼迷戀成長小說？

夏曼：我真的是非常迷戀。今年我到大陸上海，有一個學生問我，說：「夏曼老師，我們在大陸是看不到海的，可是看了您的影片、您的小說，我們第一次接觸到台灣原住民海洋民族的小說。請問老師，您為什麼不選擇在大學教書？為什麼不去選擇有薪水的職業？卻選擇了回到您的民族、您的家鄉，回去跟海洋一起？那個誘因是什麼？」我跟他說，我們民族是不分春夏秋冬，只要飛魚汛期來，就是飛魚的季節、漁撈結束的季節、等待飛魚的季節，這個就是我們的季節感，我就順著這個節奏過生活。這個節奏、規律完全不同於（台灣）社會的，我的情緒會隨著不同的季節去改變。

至於成長的經驗，我個人的感觸是，看到太多不管是蘭嶼的原住民、台灣的原住民，失去了方向，因為大家都在追逐現代性的生活。譬如說到了台北後就不想回去了；或者是到了台北還想回去，卻不知道該怎麼再回去過生活。

對於我這樣一個莫名其妙成為一個作家，或者是我自稱的海洋文學家，我每次喜歡用部落的灘頭作為我思想的核心。部落的灘頭一般大家都叫作海邊，可是我為什麼講「灘頭」？這是我們的木船進出港的地方，有太多海洋知識，太多海洋的情感，太多所謂達悟的男人從山裡面伐木，完成船的成品後，要在這個灘頭去接受海的挑戰、試煉。而這些我們生活的知識，在全世界所謂的文明小說的書寫過程中，並沒有把山林的、生態的、野性的海洋的知識，作為一部小說創作的重要資料。

我是一九五七年出生，整整小您十歲，對我來說，除去漢人和軍人之外，真正住在我的部落的閩南人，不到五、六個人。所以這個部落的氣氛，完全就是大自然、大海的生活節奏，這個成長構成了一個我不可能被抹除的記憶。我一直在思考，台灣原住民的小說家，或是大陸的小說家，包括大陸少數民族的歷史作家，他們幾乎沒有跟野性環境學習的機會，成為他民族的一個基本知識。同樣的，在成長過程中他沒有自己文化深厚的內涵、生活經驗，所以寫出來的小說和一般所謂的漢族作家大同小異。

成長對我來說分很多階段，小學我們是「被老師霸凌」的，也被學校課程霸凌。在《大海浮夢》裡面，我使用了一個字confused，就是一種迷失、迷惘。可是在部落的灘頭看到的，是男人或是達悟民族跟海真實地相處在一起。有些人跟我說《老人與海》，我覺得那是海明威的西方觀點，他寫人類如何跟大海奮鬥，可是在我的成長記憶裡，這個民族沒有跟大海奮鬥，（**陳**：你們是和諧相處。）對！和諧相處。我看現在的小說，包括我們自己原住民的、台灣近代的小說，尤其大陸那邊的，都還是以人為中心的小說創作；看不到把野性的環境放到小說裡，成為一種隱性或是顯性的主角。不得不承認，在我成長過程中這一點的影響太大了。

陳芳明：你最早寫《冷海情深》，是你來到漢人社會，受挫之後，初次回到部落的時候。作為一個達悟族，你最初是怎麼慢慢形成族群的覺醒的？你當時都來到台北了，為什麼又決心要回去？

夏曼：在小學時，我就有一種意念，想要離開這個島嶼，甚至是想要永遠離開。這有很多原因，譬如大概是我國中時，有很多救國團的活動辦在蘭嶼，可是沒有一個人會去讚嘆這個民族的優雅，都是說你們太落後了，還穿丁字褲。這種印象、影像，構成我想離開這個島嶼的因素。

一直到念了大學，在一個很巧遇的場合，認識了幾個淡江的學生，在探索西方資本主義社會，這個問題意識，對當時的我來說，幾乎是沒有嘗試過的。以我當時的程度，或者說以一個小島的年輕人來說，在二戰後的冷戰時期，我幾乎沒有歷史上的感受。那時第一次在心裡感受到，原來還有不同的民族，有不同的社會價值觀，我開始思考這個問題。

可是來到台北念書，生活都來不及了，從民國六十九年，到七十五年修完最後一個心理學的學分休學一年，這個期間我似乎一直都把台北當作最終目標，這顯然是一種錯誤的想像。有那麼多的現代性社會，不是一個島嶼小民族的青年，夢想考上大學，然後上帝就會讓你去實現它，這不可能的。

不管我當時做了多少民族運動——那是另外一種形式，一個自我訓練的過程，也是很巧妙的時間點讓我學習——我作為一個海洋民族，或者其他山地民族，有一個政治的身分的時候，都看到這個國家賦予我們的，太多不合理了。可是我不能老是從抗議去展現，這不是一個終極的目標。

我經常跟很親密的朋友說，我真的是帶著心靈的挫敗回到了蘭嶼，那是很痛苦的；另外一種挫敗是，當時沒有一個蘭嶼原住民可以不靠保送考上大學的。在我畢業二十二年之後，才有我的學生考上大學，但當時的氣氛是，考上大學又如何？其他所有跟我同期的，或是晚輩，都去讀師範學院了，都是被保送的，我從小學就認為「被保送」並不是我所追求的目標。所以回到蘭嶼的心靈挫傷，非常強烈，非常痛苦，尤其我又是被別人隨便亂講話說是民進黨、台獨分子。

我要找到自己到底是回來幹什麼？海給我一個療傷的空間，同時也讓我學習到這個民族跟海之間的相容性，也從父母親的眼裡學習到了這個民族所有語言都是詩，也都是文學。我開始學習到這個部分。因此在《冷海情深》那時候，我自認閱讀能力不好，我看別人的書、包括老師的書，有時候真的是看不下去，因為沒有海的律動，就不會引誘我繼續看。

那時我最大的收穫，除了療傷、在夜間的海洋讓我覺得舒服、白天一個人孤獨地去潛水，我開始發現當我用我的生命去抓魚的時候，怎麼把它轉換成文字。這個感受構成了我自己從媽媽、爸爸、大伯、伯父、隔壁姊姊的語言都進來了——我原來的母語。在失落了將近二十年後，我又回到了母語的系統。（**陳：**這個二十年，是從什麼時候到什麼時候？）至少是從我念了國中開始，學校的老師幾乎都講國語，那是學校教育中一個很刻意的政策，把不管是閩南、客家或原住民的語言，還有母親的語言，都被邊緣化，然後當時大部分人都還認為這是合理的，就算有些人覺得不合理也不敢反對，包括我們自己也不敢。

可是在《冷海情深》，我失落的那些語言，在釣鬼頭刀魚、抓飛魚的時候，就全都來了，這是當時我最大的感受，同時影響了後來文學創作上的母語思維。所以我有太多不是華語慣用的語氣跟文字，會調來調去，太多邏輯是不同的。在《冷海情深》裡有很多故事，那都是爸爸媽媽教給我的生存、真正的生活。

我是一個航海家族，一個抓魚的民族，這個部分在回到部落後，可以讓我慢慢去思考，這個民族、甚至是整個台灣原住民，作為一個作家，如何來確定自己文學的品質？這是一個重要的因素，是我成長過程中，不得不去面對、並且反思的部分。

陳芳明：在你的《天空的眼睛》或是《冷海情深》，常會提到你受的所謂中國的教育，跟你的生命是很大衝突的，可是你每次都輕輕帶過，從來沒有好好去面對它帶來怎樣的衝擊和創傷。你從來沒有好好去寫中華民國給你的、漢人教育給你的那些影響，頂多就是抱怨一下，可是從沒有深入去談這一塊。

夏曼：這次的新作《安洛米恩之死》裡，安洛米恩是一個真實的人物。他的大哥是我國中的同班同學，很聰明，長得眉目清秀，他們是航海的家族。他的哥哥患了一種幻想症，可是也在蘭嶼的一份雙週刊寫了很多小說。一九八五年我在台北開計程車的時候，我把他的大哥跟二哥從台北信義路的精神病患的療養醫院領出來，後來我這同學待在永和，之後我去桃園找我部落的人。那一年他的哥哥就自殺了，他說「我是飛魚、我是海洋民族的航海家」，然後就自殺了。實際上安洛米恩跟書裡另一個主角達卡安，都患了學校恐懼症。（**陳：**學校恐懼症是在蘭嶼就已經有了？）對，因為學校老師會打人、說你是笨蛋，他們覺得學校很恐怖。這兩個主角都是左撇子，他們都想把鉛筆折斷，開始逃學。

我還有講到中華民國的殖民。安洛米恩的老師也是島上的人，是念了師範學院之後回去教書的；我碰到的很多原住民老師，保送到師範學院，大部分都是學校裡的模範生。而模範生在安洛米恩的用語，就是指百依百順的人，又不會抓魚、不會划船，因為他有薪水。我不去講所謂的中華民國現實的部分，而是用這些事情去陳述。雖然安洛米恩是這個老師的學生，但他認為你們這些模範生第一名是沒有用的，是劣質的正常人。一九九〇年，他從台灣回來——因為他去菲律賓的近洋漁船抓魚，一年半後回到蘭嶼——剛好遇到在反核，當時也是我策畫的（笑）。他不會去現場抗議，可是會一直說「我們民族沒有反抗中華民國政府，那你們這些老師到底是幹什麼的？」諸如此類，會一直批判，批判老師的同時也是在說這些人是無用的、沒有民族意識的。

而另外一個類型是，在（小說中）他這個部落還有一個周布良牧師。西方宗教跟中華民國的教育政策，都是一種移植過來的殖民政策，老師是一個殖民者，被賦予了一個殖民方面認可的身分，完成了這麼一個制式系統的教育，所以就獲得老師的資格；同樣的，牧師也完成了西方宗教神學的訓練過程，然後成為牧師。在當了老師和牧師之後，就會有一個發言權，可是從安洛米恩的角度來看，這些人都不符合作為一個達悟人的標準。

陳芳明：就是一邊是體制化的，不管是漢人還是原住民，老師還是牧師；那你們就是不願進入這個體制的。

夏曼：從現實生活來說，我算是一個很容易讓別人對我說故事的人，我坐在那邊，別人就會很想要把他自己的故事告訴我，我是有那種魅力的人。有很多牧師也把他們的故事告訴我，當西方白人的牧師在說原住民的文化是一個落後、低等的文化的時候，這些牧師都不敢對抗的。在安洛米恩的思維裡，覺得你真的是王八蛋；只是在實踐原來西方宗教的教義，然後來教育這個民族，可是這個民族跟西方宗教的上帝是一點瓜葛都沒有的。再回到小說裡，這個牧師是安洛米恩的親表哥，他在每次做了些價值觀上不該做的行為，就跟上帝禱告；安洛米恩說上帝已經聽膩了你每一次的禱告，你不可能上天堂。這部分講到西方和中華民國的殖民，從個人生活來說的話，這些人確實是這個樣子；從作家的角度來說，不是直接講，要一點一滴的伏筆慢慢來。

安洛米恩是現實生活裡的人，但島上的人認為他是一個精神病患，實際上對他自己來說他不是，他對星星說話，對唯一對他說真話的狗說話，他有一個祕密基地，獨處時就是一個正常人。假如一個民族的存在，在大航海時代還沒有被西方民族撕裂之前，這個星球所有的島嶼民族都過得非常安靜的。在被撕裂之後，越來越複雜，連原來傳統的信仰也被撕裂了，變成我們也迷失了。現在原住民的部落裡，到處都會聽到「上帝保佑你」、「哈利路亞」、「以馬內利」、「菩薩保佑你」這種莫名其妙的語彙，就是另外一種西方的、中國的宗教殖民的展現。

所以我不是不談個人的經驗，第一人稱的經驗我自己會處理，可是小說談到的這種經驗，在台灣所有的部落裡都有。所以二戰後，我們這些原住民部落裡面，是因為抗拒制式學校而被打——為什麼寫不出這個字就是笨？可是這個笨，是在這個體制裡面，因為考零分而被認為笨。就是這種唯一的價值觀，錯亂了安洛米恩的思維，他覺得他的老師根本不會抓魚，就是個殘障的男人。

而他為什麼會懂這麼多呢？是因為他的大哥。他的大哥很會想，有一次張大春去了蘭嶼，並且跟他哥哥變成好朋友，送了他《四喜憂國》。可是我這個同學在自殺之後，他弟弟去台灣幫忙料理後事，撿到了這本書，而這個孩子怎麼知道這本書？他連漢字都看不懂，但對他來說，張大春這本小說是他哥哥留下唯一的東西。在現實生活上，我是那個幫忙在處理後事的人。

作為一個小說家，有那麼多故事，不管是生命中後殖民或後現代的角度，實際上都在發生類似的故事。而我們如何去呈現它？就是我得繼續努力，所以我不直接做批判，反而以一種最小的人物轉化自己作為中華民國最小的弱勢族群，是這樣象徵的意義。我們沒辦法直接去抵抗，在二〇一一年我帶著我們蘭嶼人去總統府抗議，後來也沒成功。話說回來，這個國家確實製造了太多我們這民族不該有的悲劇，譬如說因為政策的關係，土地的流失，諸如此類。所以我在這裡很想跟您來對話，讓我說出我心裡的話，慢慢地想跟您探索的問題。

陳芳明：再回來跟漢人還有宗教接觸的過程。我們平常在吃飯喝酒時，你都會講到，說你當年剛來台北，開計程車，這一段你應該要好好寫它；另外一個就是你去扛鐵條，然後被人歧視。這在某種程度上，對你的生命應該是很嚴重的創傷（**夏曼：**非常深）。

所以我看到你都是寫海洋，但我一直希望你能夠寫出這些跟漢人的互動，讓漢人看了也有一個反省的機會。那些人羞辱你、還有開計程車時遇到的很多怪現象，這些經驗都應該要好好的寫出來的。

夏曼：在這裡可以先跟您講，我預定完成的另外一本書，叫作《大海之眼》，大海的眼睛，我從國外開始談，從台灣開始談，從我離開蘭嶼開始談。《大海之眼》是用平鋪直述的方式，去談我的遭遇、我接觸到的，我十九、二十歲，在補習班，一直到考上大學，慢慢談我的心路歷程。在去年的《大海浮夢》中，我並沒有把另外一部分拉進來，就是我「航海的眼睛」，我只是簡短描述到了南太平洋，包括到大溪地，還有一九九七年我們去抗議，兩千年廢除核武器運輸到第三世界等等，但並沒有講我的「心」。我那時認識了很多國外的航海家，跟他們在一起，我都在思考，海的眼睛是什麼？

我從這個小島，跨過巴士海峽要到台東念書，要坐九個小時的船，不是現在二十分鐘就到了。我很幸運的是，在我十歲的時候我父親就開始划船。當時沒有公路，從我的部落划船，要到現在核能廢料貯存場的專用碼頭，那個港灣很美，我們叫「飛魚的故鄉」。在那邊，我爸爸把茅草放到船上，都是一捆一捆的，然後有十多捆，整艘船就剩下中間父親坐的部分可以划船。他就把我放到茅草上面，當時我就不會暈船；如果我說會暈船，我爸爸就叫我喝一瓢海水，說喝了海水就不會暈船了。但實際上這根本沒有邏輯的推論，可是這種精神講話似乎是良藥，好像喝了海水之後真的就不會暈了。

小說裡也是，那個老師跟著牧師去抓飛魚，部落裡另外一個中年人說，你是老師，都沒有抓過魚，你用海水漱口，吐的東西全部給海洋，喝海水你就不會頭暈了。所以在我國中畢業要坐船的時候，我爸爸提心吊膽，說「有種你給我回來」，在船要離開前，媽媽一直用毛巾擦眼淚，說小鬼你是我們唯一的兒子啊，你還可以跳回來，五十公尺還游得上岸。可是出航之後，我就不回頭，不看爸爸媽媽了，但爸爸媽媽是我心目中永遠很大的信仰，這不可否認。這九個小時的航程，我也是提心吊膽：我能跨過巴士海峽，但可以跨過考試的制度嗎？另一個是，我離開了一座小島，到了另一座大島，願望能不能實現？

老師您是三十六年出生，我是四十六年出生，您可以回想當時台灣的居住環境，您再回想我《大海浮夢》的第一章有一些當時的照片，我們就是這樣的成長背景；可是我們有幸福嗎？沒有。有心酸嗎？太多了。每一個心酸都是一道曲折的路，每一次曲折、流眼淚都是過程，都想到我是少數民族、是達悟族，不能被擊倒，一直都這樣自我訓練。我的確已經有計畫在《大海之眼》裡，用第一人稱把這些都寫出來。

陳芳明：你的文字裡常常出現「眼睛」，眼睛對你是怎樣的意義？

夏曼：在我還沒進小學前，我的外祖父離開了我，他是瞎子。我非常難過，爸爸也不跟我說，就自己一個人去送葬。因為他正值年輕，很多重勞動都是四、五十歲譬如我有個小叔公的這個年紀去承擔。在我進小學時，這個小叔公就做了一艘私人大船，雕刻的。我還聽說日本博物學家鹿野忠雄（一九〇六—一九四五）在二戰前拍攝記錄（一九三一年發表在日本《人類學雜誌》）的那艘大船，就是我們家族的。

在飛魚季節剛開始的第一個月，我們會用火把、用舉網撈飛魚，不能用魚網——那時魚網都還是自己編的——因為獵魚是有次序的。當時蘭嶼沒有光害，有「天空的眼睛」，在沒有月亮的時候，我們一樣可以在陸地上看到船。（**陳：**有那麼亮嗎？只靠星星的光就可以嗎？）對，沒有光害的時候，你的眼睛會看得到，而且又有火把，因為飛魚是向光性的魚類，牠會自己游過來。我這個小叔公，竟然認得出每一個家族的船，（**陳：**在黑夜的海上？）對，我都很驚訝他怎麼會認得出來，他給我的影響太大了。

後來在我划著自己的船開始捕飛魚時，像現在的那種快艇還很少，每個人划自己的船，都有義務去認得別人的船，這是一種尊重。所以在有月亮的晚上，我看你划船的姿態就知道你是誰，因此我所謂的眼睛，是去看大自然裡的形體、形貌。這個眼睛，我們從小是用來看海平線的，海平線永遠到達不了，但如果用眼睛看、用眼睛去思維，就可以去貼近它，我最主要的核心是在這邊。我們蘭嶼人說一個人沒有眼睛，就是為什麼你不用頭腦想一想、為什麼不去思考的意思。眼睛對我這個民族來說很重要，是一種視覺上的感覺，給你感官的美學（**陳：**也給你思考）。

我這幾天跟幾個姪兒在海上獵魚，在海上過一個晚上，即使我們知道沒有大魚，還是會撐到天亮，為什麼？用眼睛看海、看天，用眼睛去體會海的美和律動；也都在期待，回去之前，最後一鉤可以釣到大魚。在這個島上獵魚的男人，其實是一直在希望和失落之間，但也一直在期待。

陳芳明：我發現你在這個小說裡面，又繼續用羅馬拼音把達悟族語言拼出來（夏曼：我一向都有啊），對都有，而你好像在《天空的眼睛》寫得比較多，這本小說獲得了「開卷好書獎」；那時我就跟詹宏志提到，你用母語再寫成漢語，事實上對我們的漢語表達會有影響，因為漢語已經有一定的文法，可是你把它轉變了——譬如說小說裡寫：「達卡安，你不去學校，為什麼？」我們不這樣用，我們講「達卡安，為什麼你不去學校？」——這種方式讓我們可以拆解漢語，重新再去組織，對於語言的使用是非常活潑的。

夏曼：因為（故事中）這群人，都在說母語。我覺得我自己原來的弱勢民族，它的脆弱語言，在那麼大的強勢民族、使用華語的結構下，我沒有使用羅馬拼音，把母語放上去的話，真的我就沒有辦法寫出他們的對話。他們在學校是被遺棄的人，即使他們各自會說中文也會說閩南語，可是他們的對話，就是用達悟語。

所以這部分對作家而言，我不會刻意去表態這是我們的如何如何，它就是非常生活化。我這些短短的母語書寫，從華語世界來說，大家看不懂這些羅馬拼音；可是對一個作者而言，他可以用原來的母語說話、唱歌，同樣也可以用華語書寫的時候，我要呈現出來；我不寫那段達悟語言，沒有辦法安靜，靜不下來，真的是如此。

陳芳明：現在我們都不指稱中文，而是講「華文」，或者華文文學。有你這樣的華文文學出現，把母語跟華語平行擺在一起，這使得我們對華文文學的概念擴張了——以前就是以漢人為主。像西藏作家阿來，也是把藏語和華語放在一起書寫，這都讓我們開始思考，對語言的概念、範圍更擴大了。

現在「華語文學」用英文講叫Sinophone，就是王德威或史書美在表述的事情，這跟Francophone（法國風）或Anglophone（英國風）是同樣道理。因為有你這樣的書寫，擴展了華語文學的定義。我認為這是你對華語文學的內容，一個很大的貢獻與幫助。

夏曼：這個部分，就是我自己的書寫習慣。安洛米恩這個年輕人雖然被認為是精神病患，但他不會隨便跟人要菸的，你丟掉的菸他才要，他有一點尊嚴：因為是你丟棄不要的就不屬於你了，所以我撿起來，我來抽。你給他菸，他不會跟你拿，那是施捨。我們都非常敬愛著彼此，因為我們都是潛水抓魚的人。我跟他沒有距離，當沒有人的時候，他會走過來跟我說故事。我想強調的是，他其實比我小好幾歲，而他全部都用達悟語言說話，可見他小學六年期間沒有被漢字所殖民。

因此在我創作的時候，有些部分我非得要用達悟語，我的情緒才會進入。假設一個少數民族的作家操弄不好自己的母語，是另外一個很大的問題——可能在於當他要表達自己民族的價值觀、宇宙觀、海洋觀或傳統信仰、環境意識……但使用母語不熟練，怎麼辦，很多民族的儀式和祭典、抓飛魚的時候，你不可能講中文啊！

譬如我上山去砍今年要用的曬飛魚的木頭，不是隨便亂砍，我們有一定的木頭。我從爸爸那邊學來，要（用母語）跟砍的樹說話。必須搭架成井字形的椿柱來曬飛魚——雖然舊的還可以用，但每一年都要去砍新的木頭，這叫作除舊布新，像漢人一樣，迎接新的一年，以新的心情期待新一年的飛魚——這個是我們的信仰。這裡頭就包含了達悟民族的生態知識。我花了好幾年時間跟爸爸學習認識許多樹種。在《大海浮夢》的第四章裡頭去尋找島嶼的「核心」（core），就是環境信仰。這是我一直強調的：不是人類支配環境，在某些地方，是環境給你禮物。為什麼這個民族一定要用這種樹，而不是隨便哪棵樹，它有倫理的。

舉例來說，我要砍這棵樹的時候，希望上面有青竹絲。因為青竹絲代表鬼頭刀魚，我把青竹絲打死了，心裡就很安定，這並不代表我一定會釣到鬼頭刀魚，而是一種環境信仰，我尊重這棵樹。雖然這一點邏輯都沒有，但經常是這樣子，我打死兩條青竹絲，那天我就釣到兩條魚。

環境「會說話」，我們這個民族是有分類的知識，安洛米恩也都知道，他擁有傳統（我們體制內）在地的知識論，包括用眼睛看；即使他都不上學，十六、七歲才小學畢業，被（我們體制外）學校教育認為失敗者。可是他擁有各種膽識，能夠進入自己民族生活的知識體系。所以跟樹說話、不得不有時候要用自己的母語寫——乃是我自己的情感真實在裡面。

陳芳明：《安洛米恩之死》這部小說，目前你已經寫出前面兩章，總共要寫多長？

夏曼：差不多九萬多字吧。最後我會處理（開篇出現）這首詩它的航海故事。還有安洛米恩在現實生活上遇到的一個很大悲劇：發現媽媽死了。很悽慘，所以他開始重度的幻想……很多很多的故事。

達卡安認定安洛米恩為師父，從他身上學會抓魚，特別是故事第一章裡寫到有關「魚庫」的事情。事後很多年以後達卡安去到台灣工作，他不得不由衷感念謝謝安洛米恩教會他很多東西。飛魚季節時，達卡安不會在台灣，他一定在蘭嶼抓魚，還常帶米酒，拿幾條魚去安洛米恩一個人寧靜的祕密基地給他。有一年，當他回來要去找安洛米恩，只剩下一條瘦瘦的狗——黑浪，安洛米恩說牠是唯一可以說真話的對象——以及一堆白骨。很難過，很多的故事……從〈漁夫的誕生〉到《安洛米恩之死》，現實生活中他們就是這樣子的。

不管是在哪裡，全世界所有的弱勢民族，我們傳統的宗教信仰、生活哲學，海洋或山地民族們種種靠自己原來過得很好的生活節奏，其實在現代化之後，不斷地引進外面的便利事物過程中，它也被稀釋了，但同時有太多卻認為這是合理的漢化、西化；可是從他們（安洛米恩、達卡安）的角度，並不一定是這樣想。作為一個作家，我能夠展現出來的一些矛盾是什麼，欲呈現出什麼樣的文學作品——也許就是從小人物去看弱勢民族的存在。

然而從文學評論家的角度而言，是不是要從以上的角度思考，還是要從後殖民或現代性的角度思考呢，這就不一定要在此局限；而是應該再擴大用「大海之眼」去看一個文學家的小說作品……所以我不得不去找您討教討教。

陳芳明：你的漢語越寫越純熟了。那麼你是不是現在可以不用達悟族語言支撐，就可以把漢語寫得非常流利？

夏曼：我有自己的筆風。其實我認為自己還是寫得不好啊（**陳：**我覺得你的漢語越寫越好），可我就是這樣子寫啦。說實在《大海浮夢》我花很短的時間寫，也是在飛魚的季節、我一面釣大魚的時候，我就開始寧靜下來，凌晨二三點在家裡寫。家裡的空間有我父母親的靈魂、有家屋的靈魂、有小孩子成長的喜怒哀樂痕跡，家裡的庭院有我跟父母親共同生活不能忘的記憶……這種時分，小孩子都在台灣，父母親也都不在了，只有凌晨中留給我自己的寧靜，我開始寫、開始閱讀。我並不認為我的華語好或不好，我真的不知道，我就是這樣子寫。

陳芳明：有沒有想過：你之後的達悟文學怎麼傳播下去？現在有新一代的作家嗎？

夏曼：有一二個吧。（**陳：**出書了嗎？）純文學方面，還沒有出書的。其實我表弟他們也都在書寫文化，有時也跟我討論。不同類型的書寫很多，有散文，有詩，也有人嘗試在寫小說。我自己是一直從事純文學創作，這個部分我沒有預設，就盡量寫吧。《大海浮夢》之後，我現在一有時間、寧靜的時候，我就盡量寫自己想要寫的東西。

前幾天，在蘭嶼放映一部改編我的小說〈老海人洛馬比克〉（鄭有傑編導）的同名微電影，很多島上的人看了都津津樂道，還反應說電影怎麼那麼短啊。這讓下一代的人也開始思考，原來文學作品可以變成微電影，因此絕對會有人書寫的，絕對會有。可是什麼時候會產生出來，我的答案是：我也就盡量寫吧！只能這樣做（**陳：**你對達悟族的文學是滿樂觀的）。有眼睛就有希望，只要用眼睛看到海平線，看這個世界，就有樂觀。可是我從不說教，就像我的姪兒想拍紀錄片，我說有種就拍吧，自己從零開始獨立。有種就去抓魚！有種就寫吧！——這個就是大海的眼睛。

原載於二〇一五年六月號《印刻文學生活誌》

海是世界無止盡的追尋

——夏日漫讀夏曼・藍波安其人其文

董恕明

天神賜予的珍珠，人之島

台東位在台灣的「後山」，是排名在花蓮縣與南投縣之後的第三大縣。「好山好水好空氣」應是外地人到台東的初步印象。縣內人口二十三萬餘人，包含原住民（阿美族、布農族、排灣族、魯凱族、卑南族、達悟族、噶瑪蘭族）、漢人（閩南、客家、外省人），和近年來移入的新住民（越南、印尼、泰國、大陸籍……）等先來後到的不同族群。單在台東一地，便有七萬多名原住民同胞，是台灣島內原住民族分布密度最高，族別也最多的縣分。

蘭嶼位在台東外海四十九海里處，全島面積約四十六平方公里，是台灣第二大離島，其東南方三海里處，有一無人小島稱作小蘭嶼。由台東前往蘭嶼，天候狀況佳時，搭船需三小時，搭飛機需要二十分鐘。島上的居民除少數漢人，百分之九十是達悟族人，人數約在三千四百人上下。蘭嶼共有六個部落，由東南方向起，分別為紅頭部落、漁人部落、椰油部落、朗島部落、東清部落和野銀部落[1]。在蘭嶼這座小島上，除了有豐富的自然與人文景觀，在八〇年代末回到蘭嶼學習「做一個真正達悟人」的夏曼・藍波安（一九五七—），無疑也成為島上一幅獨特的風景[2]，他的創作儼然也為台灣文學、華文文學和世界文學揭開了「海洋書寫」的視野與深度。

海浪的記憶，文化的呼吸

夏曼・藍波安出生在蘭嶼紅頭（Emorod）部落。紅頭與漁人兩部落都緊鄰優美的八代灣，夏曼在一九九二年即從自己的部落出發，寫出《八代灣的神話——來自飛魚故鄉的神話故事》。這位在當代原住民文學書寫中重量級的作家，自其第一本創作散文集《冷海情深》在一九九七年問世之後，即受到文壇相當的注目，此作之所以特別引人關注，或可謂它在原住民當代文學的書寫上，是一部以「身體力行」的方式，重炙與建構「達悟傳統」的生命書寫。

一九九九年，夏曼以自己的童年經驗與青春紀事為藍本，撰寫小說《黑色的翅膀》。二〇〇二年《海浪的記憶》則是延續、加強與拓展《冷海情深》中的寫作面向，既自信也謙遜的寫出自己多年浸淫在達悟傳統中獲得的「從容」，以及親人與族人的生命故事。夏曼的原初勞動、寫作與學術生涯，幾乎是同時並進，一九九八年他考入清華大學人類研究所，二〇〇三年以《原初豐腴的島嶼——達悟民族的海洋知識與文化》完成碩士學位論文，同年，夏曼的父母先後離世。二〇〇五年五月到六月間，他參與了由「人類文明探索關懷協會」舉辦的航海活動，主要目的是為了「重建南島民族由西向東航海的偉大航海史，重溫南島民族過去的歷史記憶集體性的榮耀」[3]，亦在此年，他進入成功大學台灣文學所博士班就讀。

二〇〇七年出版《航海家的臉》，書中數篇思親懷人之作，滿溢作者生命如在波谷的頓挫與沉鬱，然而「達悟傳統」此時在他身上有多大的力量，就有多大的優雅與浪漫讓他去承載失去至親的傷痛。此書也首見夏曼如有重返八〇年代「原運」

1 相關資料請參見「蘭嶼資訊服務網」（http://lanyu.taitung.gov.tw/）。

2 除了夏曼・藍波安以外，在蘭嶼島內從事書寫者有夏本・奇伯愛雅、董森永、謝永泉、董瑪女……等人，另有當地發行之報刊、雜誌如《蘭嶼社造通訊》、《飛文月刊》和《蘭嶼雙週刊》等，相關資料可參見許雅筑《水上往還——論戰後達悟首批遷移世代作家Syaman Rapongan、Syaman Vengayan、Sin Jiayouli的書寫》，新竹：清華大學台灣文學研究所碩士論文。二〇一〇年七月。頁一四四～一六〇。

3 參見〈航海的感想〉，《航海家的臉》。台北：印刻，二〇〇七。頁九四。

的逼人氣勢，多篇以筆為刀箭魚槍的雜文，將五、六〇年代「大島」與「小島」之間人物往來的恩怨情仇，不留餘地的加以嘲弄與批判。二〇〇八年五月，夏曼在國家實驗研究院台灣海洋科技研究中心擔任副研究員。二〇〇九年《老海人》一書出，夏曼將島上質感很好但外人卻視為「神經病」或腦筋不正常的「邊緣人」處境，寫得溫厚而深情，在沉潛和沉醉之間，人如海，海是人。

天空的眼睛，海洋的心

夏曼在一九九九年完成他的第一部長篇小說《黑色的翅膀》後，二〇一二年，相隔十三年後，他完成第二部長篇小說《天空的眼睛》。在這作品中，「民族文化的思維與知識體系」是他書寫始終不曾或忘的「底色」，這和他早年回返家鄉部落決定「重做一個真正的達悟人」的激情（急切）相較，他近期的作品，特別能看到夏曼在寫作上越來越從容不迫，也越來越能自在的展現達悟文化原初的優雅，以及他作為一個達悟族人的自尊與自信。《天空的眼睛》應是夏曼極具「悲劇感」的作品，但作者顯然已找到了一種回應「悲劇」的方式，就是「活在達悟中」。不妨小讀一段作者描述一尾「老浪人鯵」度過的大半生，而這尾「魚瑞」的智慧，早不下於人類：

我認為我已經是月光下的老浪人鰺了，你會發現，也理解，所謂的「老」是這個星球所有的物種生命終點前都會面對的事，但不是族群的滅絕，畢竟還有下一代，老的另一說法就是「遲緩」，此時我也看破了「水世界」（紅塵）不斷循環的弱肉強食的宿命儀式，於是我已不再迷戀淺海絢麗的水世界，菲律賓群島、關島、雅浦島、索羅門群島、庫克群島、社會群島，還有夏威夷群島、台灣，都是我年輕時期遨遊過的地方，我幾乎都目睹過了弱肉強食的殘酷戰役。當然，我的嘴角還殘留一些巨鉤，是在不同島嶼的漁夫與我格鬥時留下的證據。[4]

在這老浪人鰺的自述裡，雖是看破了「水世界」的「弱肉強食」，然而牠也曾經身在其中，游走在各個島嶼間，也在不同島嶼留下與漁夫格鬥的證據。生命如此流轉，從盛年到暮年，在牠「不再迷戀」之前，牠亦是一尾在海中有尊嚴活著的魚，有牠的判斷，也有牠的愛憎：

4 參見《天空的眼睛》，台北：聯經，二〇一二。頁一〇。

對我而言，蘭嶼島的達悟人，自古以來就遵循黑翅飛魚神的戒律[5]，在每年二月的召飛魚祭典以公雞、公豬的鮮血呼喚，邀請我們的靈魂游到他們的島嶼。我深深覺得，我們鰺科魚類與Vawuyu[6]（鮪魚）、Kavavawuyu（黃鰭鮪魚）、Arayu（鬼頭刀魚）都是他們達悟族人敬重的魚，被某個族群敬重，是一個讓魚類欣慰很深的事，就像某個少數民族被主流社會、殖民國尊重是一件令人喜悅的事一樣。這個時候，要我游數萬海里的旅程，我已力不從心了，那個海里數真的是很累魚，我只好在「人之島」[7]的深海休息，覓食，或是等待被獵，或是在望月時的滿潮了斷自盡。[8]

「弱肉強食」如是各物種要共同面對的生存宿命，那麼老浪人鰺最後選擇留在人之島——蘭嶼，顯然是讓這樣的宿命，有了不同的可能：「我深深覺得，我們鰺科魚類與Vawuyu（鮪魚）、Kavavawuyu（黃鰭鮪魚）、Arayu（鬼頭刀魚）都是他們達悟族人敬重的魚，被某個族群敬重，是一個讓魚類欣慰很深的事。」這樣的欣慰，甚至可以讓牠在此「休息，覓食，或是等待被獵，或是在望月時的滿潮了斷自盡」。夏曼借老浪人鰺之口，說出了一個「魚我兩忘，相知相惜」的世界（境界）。

二〇一四年，夏天，夏曼的長篇巨著《大海浮夢》出版，這一本帶有強烈自傳性質的「小說」，實可看作夏曼是以一人之力，用他的「存在方式」，為過去、現在和未來的達悟族人（有質感的人），以文字為舟楫，泅渡個人與民族的生命、文化、哲思與詩性之海，他在自序如是說：

> 這本書，就獻給我已逝的雙親，大伯，我的三個小孩，一個孩子們的媽媽，以及給我自己。我用木船捕「飛魚」，用身體潛水「抓魚」，讓海洋的禮物延續父母從小吃魚的牙齒，孕育孩子們吃魚的牙齦，讓波浪的歌聲連結上一代與下一世代的海洋血親，生與死不滅的藍海記憶，我做到了自己的移動夢想。[9]

這部厚達四百五十餘頁的作品，在主角（作者）Si Cigewat（希・切格瓦）展現其「不可動搖」的韌性，守著家屋守著島魂的同時，移動著的人、民族、文化……，便在「浪花的地方」孵夢，波峰波谷間尋夢，起伏跌宕的大海上，捕捉夢

---

5 參見作者原註，指飛魚汛期間的四個月（二至六月），禁止捕獵、船釣珊瑚礁岩底棲魚類，達悟人的觀念就是讓牠們自在的生活。

6 參見原註鮪魚、黃鰭鮪魚是女性吃的魚，鬼頭刀是男人吃的魚。鬼頭刀魚在四到六月用魚鉤釣，六月之後就禁止船釣，魚乾在西洋曆的十月之後就不可以吃。

7 參見《天空的眼睛》，台北：聯經，二〇一二。頁一三。

8 參見《大海浮夢》，台北：聯經，二〇一四。頁一三。

9 參見《天空的眼睛》，台北：聯經，二〇一二。頁一三。

的心魂，生的莊嚴。

海的深邃，人的優雅

學界對夏曼以「達悟文化」從事書寫，究竟能走多久、多遠、多深和多廣，不免抱著一種「戒慎」之心，這不單是因為多數的學（讀）者做不到夏曼做得到的潛水、射魚、造船……，更重要的是我們對自身所處的文化，能有多大的自覺、自省、實踐、轉化和創造？憂心別人容易，發現自己則是分外艱難，而夏曼正好在這個位置上，不斷反覆提醒了我們每一個「有志於文化……」或「有感於文化……」的人，唯有誠實的面對自己，文化的精魂才會回應我們的艱難、頓挫、自傲、盲昧……所為何來，如同在《安洛米恩之死》中的夏曼・永武昇對張老師——夏曼・立亞肯恩，這位島上的「陸地模範生」卻是海上的「殘障者」如是說：

在天空的月亮，天空數不清的眼睛，在海洋的波浪，海洋數不清的浮游生物，還有海洋的風，天空的雲，會在某個夜晚交織纏綿，彼時海面下的水世界如是夜空的既慈祥，既寧靜的飄逸帷幕，山林裡不同樹木材料建造的木船如是海神的玩偶隨波游移，而眾多的海人如是波浪的虔誠教徒，期待掠食大魚舞動弱肉強食的自然律則，海面因而掀起飛翔的浪花，乍看白雲好像把海面當作是天空的感覺，撐開了夜色海洋的遼闊，哇！飛魚展翅的翅翼如我們木船的一對雙槳，飛進我們的船身，每一次每一次的這一幕，只有來到海上，才有機會閱讀到自然界瞬間的絢麗，這個結論是，男人在海上虛心接受海洋的洗禮，海洋的儀式，海洋舞動時的讀者，你將會感受海洋包容的無限容器，於是我們航海家族在海上，傲慢是最大的禁忌。

夏曼只要不停下他的筆，一如他不放下他的魚槍、木船……，海有多深，情就有多深；海是世界無止盡的追尋，人便是天地永恆閃爍的星辰。

（本文作者為台東大學華語文學系副教授）

穿過記憶，便是海

陳芷凡

寫這封信給你的時候，我想起你的自我調侃：「我都已經六十歲了，你們還一直問我今天有沒有下海捕魚，我實在已經是六十歲的夏曼了！」加重語氣的你，帶著一個深不可測的海洋式微笑。

是啊，在我們的記憶裡你好像不會變，依舊是那樣的夏曼・藍波安。

依舊是那樣的夏曼・藍波安。十多年前我帶著研究生的青澀，前去蘭嶼，急切地想知道你的海洋，與台灣海洋文學之間的距離。沒多說什麼的你，邀我與你的表弟一同前往山上伐木，從選定樹材、伐木前向眾靈魂的喃喃禱告，並在重重疊疊木紋中註記海浪的弧線。樹木倒下所震起的喧囂，節節擴散，最後歸於無聲，你說那是另一種波峰與波谷的回應。下了山我和你美麗的老婆大人閒聊，佐以碗中勤勞而得的芋頭與飛魚，那是達悟男女平日的滋味，也是努力工作的禮物。你問我吃得習慣嗎？我微笑，想像嘴裡的芋頭與飛魚也笑著。那年夏季天氣不穩，我因颱風滯留於蘭嶼機場，眼看一班班取消的飛機，只得帶著行李狼狽回到民宿，大雨滂沱之際，我焦慮的困在小島，你倒與我分享達悟人的自然眼睛與大地靈魂。大雨沖刷我的原定安排，莫可奈何，直到大雨大水大焦慮也流入了大海。

這也是海洋。我慢慢理解你筆下的海洋，不只是書寫背景，而是你自然而然的日常生活，但這分「自然而然」，實是一道道在你心上的刻痕換來的。當年你與眾多族人同路，前往台北尋覓生存的不同可能，自從你拒絕保送大學開始，就注定了在城市飄移的日子。你說那時的你身材瘦小，總有朋友偷偷地塞麵包給你，填飽了肚皮，卻反襯你那龐大的飢餓靈魂。於是，你決定回到蘭嶼，重新拾起父祖輩對自己的殷切叮嚀，重新面對總是在書中代表現實的女人們。你說你記得父親母親眼淚奪眶而出的時刻，你也記得孤獨泅泳於海中，質問自己所求為何的面貌。我相信你一定還記得，記得冷海依舊情深，記得海浪記憶背後的記憶，海洋在此，是你重新成為達悟男人的考驗，海裡有眼淚，有嘆息，有情深意重的想念，還有一張張老人家望向你的牽掛面容。

當你通過考驗，成為一名真正的達悟男人，我們正透過你的作品理解達悟的海洋。不過，飢餓的靈魂驅使你繼續思考：成為一個達悟人意味著什麼。於是，海洋式的國語發音，以及因此頻頻打錯字的你，竟以攻讀人類學科，作為你回答這個問題的一個選項。於是民族誌反思、文化霸權、後現代……等學術名詞，頓時成為你嚴肅以對的用語，一時間我困惑極了，但偶爾聽到你達悟式的非學術解讀，我們又笑了，笑成了岸邊碎裂的浪花。人類學科那幾年的訓練，讓你有意識地在旁觀與主觀之間轉換，既是報導人也是訪談者，還得頻頻往返於大島台灣與小島蘭嶼。身體移動與身分的共構，讓你意識到「夏曼」——達悟人稱其為父親之詞，實為一個階段的生命提醒與反思。於是你筆下的孩子們，包括卡洛洛、卡斯、賈飛亞、米特，看似個案，實是蘭嶼島上無數個孩子的共同名姓，又或是將你自己寄託在其中的隱喻。你試圖透過每個少年的成長歷程，書寫他們對於海洋、對於傳統現代或徬徨或執著的選擇。這些點滴，或許可在人類學科找到論述依據，但你知道，這些選擇從來不只是知識分類，不只是研究資料，而是達悟人用歲歲年年換來的深刻體悟。我想起你的孩子藍波安、娃娃與貝貝，三個小蘿蔔頭曾在門口盼望父親歸來，如今，換他們揚帆啟航，你多麼期待他們的靈魂仍然帶著海洋氣息，得以在另一個陌生城市讓爸爸辨識出來。達悟的海，成為你思考民族生命的主體，讀者我們，看見你望向海洋民族的過去、現在與未來。如果沒有海洋民族，怎麼會有海洋文學的存在？你問著，依舊不敢鬆懈，一字一句回應達悟人的世世代代。

一如你的腳步，從歸返、大島與小島往返，再到南太平洋、摩鹿加海峽的追尋，划槳的手未曾停歇，正如同飢餓的靈魂從未飽足，於是，你開始敘述浪人的故事。浪人，是你短暫相逢、但不知是否後會有期的朋友，他們是追逐著海洋的男人，也是因為各種理由漂泊其上的男人。你看著與自己膚色、面貌、語言不一的浪人們，卻感覺踏實安心，是海洋讓你們相聚，也是海洋讓你們跨越彼此的差異。然而，再多的航海趣事、再豐富的異國風景，你那達悟人的氣質，以及身為作家的銳利眼光，總是讓你在浪人喧譁之後，察覺些什麼：那或許是生存、生活與生命之間交會的選擇，也或許是人類共同的飢餓吧！你說。海洋，成為你的路徑，讓你與這些浪人相遇，也與浪人背後那些千絲萬縷的生命橋段，同聲唱和。你離小島愈遠，愈想起你的童年、你的外祖父，以及你尚在思考的一切。你的書寫與行動，彷彿在告訴我們：航行遠方，恰是一個適當的距離，得以觀看世界，得以觀看自己。

這封信其實還沒寫完。作為你多年友人，你偶爾會抱怨我這個老是論述、老是學術的腦袋，此刻，但願你能理解我下筆的真切。時常，我會從《冷海情深》到《大海浮夢》的閱讀中，記憶你以及你的民族，然後我知道，穿過記憶，便是海。

（本文作者為清華大學台灣文學所助理教授）

◆一九九○年二月二十日，蘭嶼「驅逐惡靈」行動。

◆一九九○年五月二十日，台北街頭的蘭嶼反核自救運動，夏曼・藍波安當年舉在肩上的兒子，如今已二十九歲。

◆一九八八年四月二十三日的反核運動，一百多位蘭嶼青年到原能會和台電大樓前抗議，要求將核廢料遷出蘭嶼。

◆◆ 安洛米恩部落的灘頭，現在這裡已變成水泥地。

◆ 每當飛魚季節結束，達悟人會在礁石上豎掛起大魚的尾巴，感謝大海豐盛的賜與，是海洋的儀式。

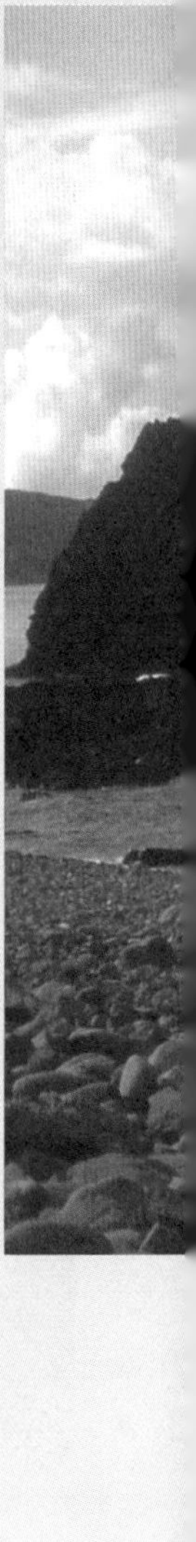

◆魚乾，即達悟人的文學，也是海洋的禮物。

◆夏曼和太太的地瓜田。地瓜是主食，達悟人與土地的情感連結，成為環境信仰的一環。

學習生活，也學習海洋的情緒。

◐ 魚槍是夏曼．藍波安的海洋生存工具，也是海洋文學的製造者，帶他進入水世界。

◆ 二〇一一年六月，駕駛無動力帆船從印尼啟程，追尋南島民族遷徙足跡的日本探險家岡野吉晴抵達蘭嶼，夏曼．藍波安陪同探險團隊，從蘭嶼航向綠島、成功等地。航行，是夏曼的海洋文學。

文學叢書 453

INK PUBLISHING

安洛米恩之死

作　　者　夏曼・藍波安
圖片提供　夏曼・藍波安
總 編 輯　初安民
責任編輯　陳健瑜
美術編輯　黃昶憲
校　　對　吳美滿　陳健瑜

發 行 人　張書銘
出　　版　INK印刻文學生活雜誌出版有限公司
新北市中和區建一路249號8樓
電話：02-22281626
傳眞：02-22281598
e-mail：ink.book@msa.hinet.net
網　　址　舒讀網http://www.sudu.cc

法律顧問　巨鼎博達法律事務所
施竣中律師
總 代 理　成陽出版股份有限公司
電話：03-3589000（代表號）
傳眞：03-3556521
郵政劃撥　19000691　成陽出版股份有限公司
印　　刷　海王印刷事業股份有限公司

港澳總經銷　泛華發行代理有限公司
地　　址　香港新界將軍澳工業邨駿昌街7號2樓
電　　話　852-27982220
傳　　眞　852-27965471
網　　址　www.gccd.com.hk

出版日期　2015年 7 月 31 日　初版
ISBN　978-986-387-048-7

定價　300元

本書獲 NCAF 國|藝|會 創作補助

國家圖書館出版品預行編目資料

安洛米恩之死／夏曼・藍波安著：－－初版，
－－新北市中和區：INK印刻文學，2015. 07
面：公分. --（文學叢書：453）
ISBN 978-986-387-048-7（平裝）

863.857　　104012284